Der Erzähler

Herbert Ludwig

Der Erzähler

Bibliografische Information der Deutschen Nationalbibliothek
Die Deutsche Nationalbibliothek verzeichnet diese Publikation in der
Deutschen Nationalbibliografie; detaillierte bibliografische Daten sind im
Internet über http://dnb.d-nb.de abrufbar.

© 2009 Herbert Ludwig
Satz, Umschlaggestaltung, Herstellung und Verlag:
Books on Demand GmbH, Norderstedt
ISBN 978-3-8370-3264-2

Inhalt

Der Sonderstudent

Nein, Schullehrer hätte ich nicht werden können. Nicht, dass ich das, als es darum ging, mir einen Beruf zu erwählen, überhaupt in Betracht gezogen hätte. Aber ich denke, wenn mir das von irgendjemandem vorgeschlagen worden wäre, hätte ich höchstens deswegen abgewunken, weil ich ja lange genug miterlebt hatte, wie schwer man einem Lehrer das Leben machen kann. Bei genauerer Analyse wäre ich aber auch zu der Erkenntnis gelangt, dass es die für den Lehrerberuf völlig ungeeigneten und unbegabten Menschen waren, denen niemand auf ihrem Ausbildungsweg gesagt hatte, dass sie ungeeignet sind, die zu unseren Opfern wurden. Anderen, die es verstanden, uns auch scheinbar Trockenes, Langweiliges interessant und spannend zu vermitteln, konnte dieses Lehrer-Sein durchaus Befriedigung und gelegentlich Glück werden, ähnlich wie einem Schauspieler, der spürt, wie das Publikum vollkonzentriert und emotionalisiert seinem Spiel, seinem Vortrag folgt. Unter dieser Erkenntnis hätte ich mich wohl getraut, mich der Beschäftigung hinzugeben, anderen etwas zu vermitteln, zu erklären, möglicherweise sogar eine Begeisterung einzuimpfen.

Nein, Schullehrer hätte ich nicht werden können – das wurde mir klar, als ich kurze Zeit als Elternbeiratsvorsitzender fungiert hatte. Und verstärkt wurde das Gefühl dadurch, dass meine beiden Töchter sich diesen Beruf erwählt haben und ich auf diese Weise einen relativ genauen Einblick in beide Ebenen, den der Grundschule und den des Gymnasiums gewonnen habe.

Aus meiner Beiratsfunktion wurde mir überdeutlich, welche Verbrechen von Eltern an Kindern begangen werden. Damit meine ich nicht die prügelnden, ihre Kinder sexuell missbrauchenden oder vernachlässigenden Eltern. Nein, ich meine den ganz gewöhnlichen »Erziehungs«-Unfug, der da betrieben wird von falsch verstandener Anti-Autorität, über Mastpraktiken (»Magst noch einen Leberkäskipf, Mohrenkopf, Big Mac …«) und Fantasieunterdrückung durch ein Kinderzimmer voller Elektronikspielzeug und Computerspielen bis hin zur Überbehütetheit mit dem Resultat einer Unselbstständigkeit und Erfahrungslosigkeit, die sich als schlichtweg gefährlich erweisen. Als Lehrer wird man zwangsläufig und unmittelbar mit solchen Elternverbrechern und ihren Auswirkungen konfrontiert – und muss letztlich aus der Erkenntnis der Machtlosigkeit solchen Familienzuständen gegenüber entweder gleichgültig oder depressiv werden.

Was ich durch die Ausbildung meiner Töchter nur am Rande mitbekommen habe, reicht vollkommen zu der Aussage: Die Ausbildung unserer Lehrer ist der pure Schwachsinn. Der größte Vorwurf, den man diesem System aber machen muss, ist, dass man Menschen, die dafür völlig ungeeignet sind, nicht frühzeitig aufzeigt, dass sie ungeeignet sind und damit diesen ein erbärmliches Leben und Generationen von Kindern schlechte Vorbilder erspart. Und dieses frühzeitige Aufzeigen geht eben nicht über Fachprüfungen, sondern einzig dadurch, dass man junge Menschen, die sich für den Lehrerberuf zu entscheiden gedenken, vor noch jüngere Menschen hinstellt, mit der Aufgabe, mit diesen zu kommunizieren. Dazu bedarf es nicht einer einzigen Stunde Pädagogik!

Dass unfähige Schulrektoren und von Sachkenntnis ungetrübte Entscheidungen aus dem zuständigen Ministerium, ja, dass die gesamte Bildungspolitik die Freude am Lehrerberuf gehörig trüben können, sei eigentlich nur der Vollständigkeit halber erwähnt. Aber mit solchen, von einer Institutions-, Verwaltungs- oder Firmenspitze ausgehenden Unsinnigkeiten hat natürlich jeder Berufsstand zu kämpfen.

Und trotzdem bin ich Lehrer geworden! Allerdings eher

zufällig und ohne jegliche Ausbildung bezüglich der Lehrfunktion. (Ich bin beinahe versucht zu sagen: glücklicherweise). Als Hochschullehrer wird man nahezu ausschließlich nach fachlichen Gesichtspunkten berufen. Natürlich muss man da als Bewerber eine Probevorlesung absolvieren und da scheidet sich in der Tat die Spreu vom Weizen, aber wie der Betreffende, der durch eine Vielzahl farbiger Folien brilliert hat, den normalen Vorlesungsalltag bewältigen wird, lässt sich daraus nicht ablesen. Ein Lehrer, ein Professor ist in hohem Maße Schauspieler, denn neben der Wissensvermittlung ist seine Aufgabe vor allem, seine Zuhörerschaft durch die Art seines Vortrags zu fesseln und für das Dargebotene zu begeistern. Und das erfordert in erster Linie Talent und lässt sich – meiner Überzeugung nach – nur sehr schwer erlernen. (Um noch einmal auf den obigen Klammereinschub zurückzukommen: Wir hatten einmal im Rahmen einer Fortbildungsveranstaltung einen Referenten vom Pädagogiklehrstuhl bei uns. Ich dachte zunächst, seine Vortragsweise solle als Negativbeispiel vorgeführt werden, anhand dessen er uns dann auf fehlerhaftes Vorgehen aufmerksam machen würde. Nach einer Viertelstunde wuchs in mir der Verdacht, dass der das ernsthaft so meint, was und wie er uns vortrug, worauf ich die Veranstaltung verlassen und meinen Studenten tags darauf gesagt habe, sie könnten nur von Glück reden, dass ich nie in die Hände der Pädagogik-Experten gefallen sei).

Um es vorweg zu nehmen: Ich habe meine Entscheidung nie bereut, habe bis beinahe zum Schluss Freude daran gehabt, mit jungen Menschen zu kommunizieren, zu disputieren und immer wieder vor die aufs neue spannende Aufgabe gestellt zu sein, Wissen zu vermitteln. Nun ist die Position eines Hochschullehrers eigentlich nicht zu vergleichen, mit der eines Schullehrers. Erstens hatte ich niemals mit Eltern zu tun, was ein gar nicht hoch genug einzuschätzender Vorteil ist. Und zweitens hörten mir jugendliche Erwachsene zu, die sich diesen Weg, dieses Fach selbst ausgesucht hatten und nicht von ehrgeizigen Eltern auf eine Schulbank gezwungen worden waren. Natürlich kam es auch hier gelegentlich vor, dass man sich als Dozent fragte, was den- oder diejenige dazu bewogen haben mochte, sich ausgerechnet diesem Fachgebiet bzw. überhaupt der Arbeit des Studierens zugewandt zu haben, wenn doch sichtlich keinerlei Interesse dafür vorhanden war. Manche(r) merkte das wenigstens früh genug, um noch aus- oder umzusteigen, aber manche quälten sich durch das ganze Studium, um letztlich mehr oder weniger zu scheitern. Aber das waren wirklich seltene Ausnahmen, die mir aber immer wieder Bauchschmerzen bereiteten.

Besonders erfrischend habe ich den Wechsel von der Hochschule zur Fachhochschule empfunden. Während ich an der Hochschule oft genug vor einem Publikum referierte, welches stupide das abkupferte, was ich an die Tafel schrieb und auf meine Frage »Habt ihr das kapiert?« weder eine positive noch negative Antwort bekam, fuhren mir meine Fachhochschüler durchaus ab und zu in die Parade: »Warum ist das so?« oder »Wie kommen Sie jetzt da dazu?« bis hin zu »Das kann doch gar nicht stimmen!« Und manchmal stimmte ja die Formel, die ich da an die Tafel gezaubert hatte, tatsächlich nicht, weil ich im Eifer des Entwickelns ein Wurzelzeichen, eine Klammer vergessen oder ein Plus statt einem Minus geschrieben hatte. Und dann freuten wir uns beide, der Entdecker des Fehlers zu Recht, weil er es entdeckt hatte und ich freute mich darüber, was für aufmerksame Studenten vor mir saßen. Allerdings muss ich feststellen, dass sich auch hier über die Jahre ein bedauerlicher Wandel eingestellt hat. Und daran ist weitgehend die Politik schuld. Wenn man glaubt, Bildung daran messen zu können oder gar zu müssen, wie viele Prozent der Bevölkerung Abitur machen und dafür in Kauf nimmt, dass das Niveau entsprechend abgesenkt wird, dann ist das ein fataler Fehlschluss. Und so hatten wir es über die letzten 10-20 Jahre immer häufiger mit Leuten zu tun, wo man sich einfach fragen musste, wie die jemals ein Abitur geschafft haben mochten. Dass aber jemand, der über 4-6 Jahre hinweg ständig feststellen muss, dass er eigentlich überfordert ist, das Studium allmählich als lästige Arbeit empfindet und keinen motivierenden Wissensdurst versprüht, ist nur zu verständlich.

Ein paar Absätze weiter oben habe ich geschrieben, dass ich **beinahe** bis zum Schluss Freude an meinem Beruf gehabt habe. Diese Freude ist mir hauptsächlich durch den gerade geschilderten Umstand vergangen, weil sich daraus Spannungen mit den Kollegen entwickelt haben, ob man diesem Niveauverlust nachgeben solle oder nicht. Und das hatte leider vielfältige Auswirkungen auf das ganze Prüfungsgeschäft, auf die Art und Schwierigkeit der Prüfungen ebenso wie auf die Bewertung, wo es zu unerfreulichen Diskrepanzen innerhalb der Kollegenschaft kam.

Prüfungszeit, das war ungeachtet dessen, was ich gerade beklagt habe, grundsätzlich für mich die unangenehmste Pflicht, die das Professoren-Sein mit sich brachte. Zunächst einmal bedeutete das – wenn man es ernst nahm – einen enormen Arbeitsaufwand unter teilweise unsinnigen und mich jedes mal aufs Neue erregenden Vorgaben. Wenn ich endlich eine Idee für eine Aufgabenstellung hatte – mit den Jahren wurde es auch immer schwieriger, etwas neues zu finden und sich nicht zu wiederholen – dann war ich gezwungen, diese Idee künstlich in einen Zeitrahmen von 120 min zu pressen oder zu strecken, nur weil ich einmal bei der Ausgestaltung der Prüfungsordnung gesagt hatte, dass mir für dieses Fach 120 min Prüfungszeit angemessen erschienen. Die Idee als Aufgabe ausformuliert, so wie es mir vernünftig erschien, ergab aber eine Bearbeitungszeit von 100 oder 140 min. Warum also sollte ich daraus partout 120 min machen müssen? Davon abgesehen ist es natürlich ohnehin schwierig als Entwerfer einer Prüfungsaufgabe, die Bearbeitungszeit durch einen anderen einigermaßen richtig einzuschätzen. Ich habe versucht, dieser Schwierigkeit dadurch zu begegnen, dass ich frühzeitig im Semester meine Aufgaben formulierte, sie dann quasi ruhen ließ, um mich erst Wochen später an die Beantwortung meiner eigenen Fragestellung zu machen. Meine dabei selbst benötigte Zeit, habe ich dann verdoppelt den Studenten zur Verfügung gestellt. Natürlich, wenn ich bei der tatsächlichen Prüfung feststellen musste, dass der größte Teil nach Ablauf der regulären Bearbeitungszeit noch immer hektisch den Taschenrechner fütterte, habe ich einen Zuschlag gegeben.

Im Laufe der Jahre gab es dann auch Änderungen an der Rahmenprüfungsordnung, die in der Regel keine Verbesserung, sondern eine Beeinträchtigung meiner Entscheidungsfindung bedeuteten. Man konnte sich oft genug nicht des Eindrucks erwehren, dass da irgendjemand im Ministerium entweder nichts besseres zu tun hatte oder durch das Aushecken einer ziemlich unsinnigen Regel seinen Posten rechtfertigen zu müssen glaubte. So konnten wir zu Beginn meiner Fachhochschullaufbahn einen Kandidaten, der sich in der schriftlichen Prüfung die Note 5 – also »Nicht ausreichend« – eingehandelt hatte noch einmal zu einer mündlichen Befragung einladen, in der diese Beurteilung bestätigt oder als unzutreffend revidiert werden konnte. Das war nicht nur eine Extra-Chance für den Studenten, sondern trug auch zu unserem eigenen Seelenfrieden bei. Wie ich überhaupt ein starker Befürworter mündlicher Prüfungen war. Man kann einfach durch geschicktes Nachfragen zu einem viel gesicherteren Urteil gelangen, als durch eine schriftliche Ausarbeitung, an deren Ende ein falscher oder richtiger Zahlenwert steht.

Auch die Benotung selbst hat mich jedes mal aufs neue den Menschen verfluchen lassen, dem es eingefallen war, Drittel-Noten zu erfinden. Wenn ich nach meiner Einschätzung zu einer Note 2.2 gekommen wäre, musste ich daraus entweder 2.0 oder 2.3 machen. Damit man mich nicht falsch versteht, ich möchte keinesfalls den Eindruck erwecken, dass ich mich für so unfehlbar halte, dass ich auf ein Zehntel genau benoten könnte. Den Sinn der Drittelnoten kann ich aber trotzdem nicht nachvollziehen. Bei Diplomarbeiten, wo ja grundsätzlich 2 Prüfer vorgesehen waren, saßen wir oft genug zusammen und waren einhellig einer Meinung, dass die Arbeit mit 1.5 richtig bewertet wäre, 1.3 zu gut und 1.7 zu schlecht wären. Und trotzdem mussten wir uns für das eine oder andere entscheiden.

Und dann hatte ich es plötzlich mit dem Sonderstudenten zu tun. Er war mir bisher nur einmal aufgefallen, dadurch, dass er mich mit einem Einwurf einigermaßen irritiert hatte. Das Fach »Geodätische Astronomie« bot ich zu dieser Zeit nur mehr als Wahlfach an, weil diese Disziplin durch die Satellitengeodäsie überholt worden war, aber natürlich Sachverhalte wie die Definition von erd- und raumfesten Koordinatensystemen und deren Transformation, Definition von Zeitsystemen, Begriffserläuterungen wie Präzession und Polbewegung für beide Methoden essentiell waren. Thema meiner Vorlesung an diesem Tag waren die unterschiedlichen Definitionsmöglichkeiten der Zeit aus der Rotation der Erde oder der Erdrevolution – der Umlaufdauer der Erde um die Sonne – und schließlich der Strahlung des Cäsiumatoms, Grundlage der sog. »Atomzeit«. Da meldete sich besagter Student zu Wort und belehrte mich, dass es aus philosophischer Sicht Zeit überhaupt nicht gäbe. Damals wusste ich noch nicht, dass ich es mit einem Sonderstudenten zu tun hatte, sonst wäre ich um eine passende Antwort nicht verlegen gewesen.

Als er das erstemal zu einer Prüfung bei mir angemeldet war, wurde ich kurz vorher noch von der Prüfungskommission instruiert, dass ich ihm über die vorgesehene Bearbeitungszeit hinaus eine Verlängerung von 20 % zugestehen müsse. Grundlage dafür war ein Paragraph in der Rahmenprüfungsordnung zum »Nachteilsausgleich von Behinderten« einerseits und einem ärztlichen Attest andererseits, das besagte, dass der Betreffende »aufgrund einer unfallbedingten Behinderung in seinem Arbeitstempo beeinträchtigt« sei.

Die zusätzliche Zeit nutzte er auch durch sämtliche Prüfungen hindurch weidlich aus. Nicht dass er da tatsächlich noch viel gearbeitet hätte, aber er genoss sichtlich dieses Privileg und dass er uns Prüfer dadurch ein bisschen länger festnageln konnte. Dass hinsichtlich dieses Privilegs später keinerlei Hinweis im Zeugnis zu finden ist, betrachte ich als schlichten Betrug an einem möglichen Arbeitgeber.

Darüber muss ich mir aber keine Gedanken mehr machen: Ich begegnete ihm ein paar Jahre später völlig unerwartet. »Und, wie geht es Ihnen?« »Gut«, kam die Antwort und er strahlte dabei seine attraktive Begleiterin an, »ich studiere jetzt Philosophie«.

Eigentlich wollte ich ihn noch fragen, ob er immer noch davon überzeugt sei, dass Zeit gar nicht existiere, wo er doch solchen Wert auf die Extra-Zeit gelegt hatte. Aber ich verbiss es mir dann doch.

Mondnacht

Es war im Jahr zuvor gewesen. Ob es ein oder zwei Tage vor unserem vereinbarten Start in den Urlaub waren, weiß ich nicht mehr. Jedenfalls war es reichlich spät, das Urlaubsziel zu diskutieren. Genau das tat aber meine weibliche Urlaubsbegleitung unvermittelt: Sie sprach von der Bretagne, dass sie eigentlich aber gerne einmal nach Italien möchte, dass sie da zwar nicht hin müsse … Außerdem war sie dann sehr erstaunt, dass ich erstaunt war (geschockt wäre zutreffender): Wir hatten seit Monaten beschlossen, dass wir zwar im Detail ziel- und zwanglos aber grobgerichtet Zentralfrankreich und die Pyrenäen ins Visier nehmen wollten. Letztlich taten wir dann auch genau das. Und es wurde ein wunderschöner Urlaub. Im Heck unseres Peugeot-Kombi hatte ich das kleine Kuppelzelt und die Schlafsäcke, Campingkocher, -tisch und -stühle eingelagert und auf dem Dach unsere Räder festgezurrt. Und wo immer es uns gelüstete, holte ich sie herunter vom Dach und wir radelten, bis es meiner Ideal-Urlaubsfrau nach 30, 50 oder 60 km reichte. Dann deponierte ich sie auf einer Bistroterrasse, in einem Café oder einfach an einem windstillen Waldrand und strampelte zurück zu unserem geduldig wartenden Motorvehikel. So konnte sie in aller Ruhe und unbehelligt von einem unruhigen Ehemann die Sonne genießen, flirten oder sich der Lektüre hingeben, während ich mich sportlich soweit ausgepowert hatte, dass auch ich am Abend müde genug war, um einfach dazusitzen und das Verlöschen des Tages zu feiern. Und dazu suchten und fanden wir immer einen Platz für unser kleines Zelt an einem Bach, auf einem Hügel, unter mächtigen Bäumen. Um Campingplätze, in Sonderheit solche, die von deutschen Campern mit ihren 4-Zimmer-Zeltsuiten in Beschlag genommen waren, machten wir einen großen Bogen und den 5-Sterne Hoteltouristen neidete ich nicht einen ihrer Sterne. Wir hatten schließlich unsere Originale!

Und nun waren wir also auf dem Weg nach Italien. Denn wenn meine Frau einen Wunsch äußert, so nehme ich ihn ernst. Sofern er nicht zu kurzfristig geäußert wird – oder ich demselben von Hause aus nichts abgewinnen kann. Aber warum sollte in Italien nicht möglich sein, was uns in Frankreich soviel Freude beschert hatte?

Nun, ganz so ist es tatsächlich nicht möglich und wir nehmen doch gelegentlich Zuflucht zu einem – allerdings Mitte September nur noch unbedeutend frequentierten – Campingplatz oder einem urigen Albergo. Ravenna, Perugia, Assisi, Montepulciano bieten viel begeisternde Kultur und auch ganz unkulturelles Italien-Flair mit versteckten Gässchen und unvermuteten Ausblicken – und nicht weniger begeisterndem Wein. Dann aber wird es gebirgiger. Der Apennin kündigt sich an. Und dort habe ich ein ganz deziertes Ziel: Gran Sasso. Nach unserer Messkampagne auf den Liparischen Inseln vor mehr als 10 Jahren, musste bzw. durfte ich ja den VW-Bus der Deutschen Forschungsgemeinschaft allein nach Hause chauffieren, weil mein Begleiter ausgefallen war und bereits damals hatte ich einen Abstecher in die Apenninen unternommen. Und hatte von der Existenz eines Fast-Dreitausenders etwa 100 km östlich von Rom gehört. Das war nahezu unvorstellbar und ich hatte ihn damals auch nicht gefunden. Das sollte mir nicht noch einmal passieren!

Zunächst aber geht es von Spoleto hinein in den Nationalpark der Monti Sibillini– und wir finden unterhalb des Monte Macchialta den traumhaftesten Platz für die Nacht und unser kleines Zelt, den man sich vorstellen kann. Wir sitzen wie auf einer Kanzel, 1000 m über dem Tal, mit Blick auf die bis zu 2500 m hohen Monti della Laga, das braune Gras leuchtet golden in der Abendsonne – ich bin bis in die Zehenspitzen voller Glück. Während meine Frau ihrer Neugier nachgibt und einen Ausflug um die Ecke unternimmt, um »zu schauen, was hinter den Bergen wohnt«, stelle ich das Zelt auf, unseren kleinen Tisch und die Stühle, widme mich der Küche und greife dazwischen immer wieder zum Foto. Und natürlich zum Weinglas. Hier oben kann man sogar den Weißen sehr gut trinken!

Und dann stehen wir irgendwann tatsächlich unter dem Gran Sasso. 2914 m hoch, habe ich aus der Karte herausgelesen. Somit sicherlich ein hoch über die Umgebung herausragender Schotterhaufen, denke ich mir, aber eben ein Schotterhaufen. Der Blick auf eine imposante Dolomitengestalt trifft einen so unverhofft hinter einer Kurve, dass ich zuerst meine, eine Fata Morgana vor mir zu haben! Allenthalben wird auf einen Campingplatz bei der letzten Ortschaft hingewiesen. Den gäbe es aber, so wird uns bedeutet, schon seit 10 Jahren nicht mehr. Da müssten wir uns schon selbst ein Plätzchen suchen. Was wir denn auch gerne tun und so stehen wir auf 1700 m am Ende der Straße, die man eigentlich auch hätte nicht mehr fahren dürfen. Aber wir sind italienisch umringt – es ist Wochenende – da wird uns schon niemand fressen.

Es ist kühl hier oben, das Wetter ist herbstlich stabil – und wir haben Vollmond. Ich bereite meine Zeltgenossin schonend darauf vor, dass es sein könnte, dass ich nicht mehr neben ihr liege, wenn sie die Morgensonne weckt.

Es ist 2:45 Uhr, als ich aufwache und einen kurzen Blick nach draußen werfe. Der Berg steht unglaublich klar im kalten Licht des Mondes. Es ist windstill und daher auch lange nicht so frisch wie am Abend zuvor. Ich stehle mich leise aus dem Zelt, schlüpfe in die Bergschuhe. Die Heckklappe des Autos versuche ich möglichst geräuschlos zu öffnen, ein paar Kekse schiebe ich in den Mund, dann schultere ich den fertig gepackten Rucksack und folge den Wegspuren zu dem Höhenrücken, der vor dem eigentlichen Felsaufbau liegt. Wahrlich wie ein Traumwandler steige ich in der Stille höher, die Konturen sind ungleich krasser als im Tageslicht, Mondschatten ist hier gleichbedeutend mit nichts mehr sehen. So muss ich mir weiter oben an einer steilen Passage den Weiterweg ertasten, nach abgeschmierten Felsen suchen. Schon lange habe ich die Hose und das Hemd ausgezogen, solange der Wind schläft, ist es in der Unterhose warm genug.

Um 4:30 Uhr passiere ich den Rifugio Franchetti, um 5 Uhr bin ich an der Scharte. Nachdem ich nicht einmal genau weiß, wo ich den Gipfel zu suchen habe, bin ich über den Weiterweg zunächst verunsichert. Die Felsen über mir sind verschneit und schauen im grellen Mondlicht kalt und sehr alpin aus. Der Wind gemahnt mich, meine Kleidung der Höhe anzupassen, ein Schluck aus der Wasserflasche, ein paar Bissen, dann versuche ich mein Glück nach links und finde auch bald Spuren im beinharten Schnee. Wo ich kann, halte ich mich an die Felsen – und übersehe dabei den Abzweig, der rechts zum Hauptgipfel führt. In dem schattigen Blockgewirr verliere ich jede Spur, folge nun einfach meinem Gespür und als ich die steilen Felsen in Angriff nehme, die zum Grat hinaufführen, stehe ich unvermittelt vor einer Markierung. Am Grat ist der Wind böig und gefährlich, mit Erreichen des Gipfels wird es windstill und die ersten Strahlen stechen aus dem dunstverhangenen Horizont. Unwirklich liegt im Süden unter bläulich-farblosen Schleiern eine Art Steppenlandschaft, die hellen Felsen des Corno Picolo sind noch ins kalte Mondlicht getaucht und sehen gespenstisch gebleicht aus, während der Schatten meines Berges von der jungen Sonne in die Wolken im Westen projiziert wird. Eine Marke klärt mich auf, dass ich auf dem Capo Orientale stehe, der Hauptgipfel – 11 m höher – lacht gerade gegenüber auf mich herunter. Das hat man halt von solch nächtlichen Eskapaden! Aber ich erkläre meinen

Gipfel für den schöneren, bin glücklich, berausche mich an dem unglaublich rasch wechselnden Farbenspiel, begrüße die unaufhaltsam höher wachsende Sonne mit einem lauten »Wir haben gesiegt!« *) und winke dem immer noch hoch über mir verblassenden prallen Mond zu.

Kurz nach 9 Uhr schicke ich meiner Schönen, die gerade dabei ist, sich ihren Frühstückstisch zu gestalten, einen ersten Jodler von der Anhöhe über unserem Zelt hinunter und wenig später bekommt sie ihren Guten Morgen Kuss. Ein bisschen traurig ist sie, weil sie das Überdach über die tatsächlichen Lichtverhältnisse getäuscht hat und sie so das morgendliche Erröten der Nordostwand des Gran Sasso versäumt hat. Wir machen noch einen kurzen aber schönen Spaziergang, beobachten, wie die Hitze sich im Tal breit macht und die Klarheit verschwimmen lässt, dann starten wir wieder talwärts. Wir wollen den Gran Sasso umrunden, zweigen bei Montorio nach Süden ab. Bei Isola beginnt der Aufstieg und kurz nach Castelli finden wir endlich den lange ersehnten Platz für unsere Mittagspause: Unter mächtigen schattenspendenden Laubbäumen, mit Blick auf die hitzedunstige Ostseite des Gran Sasso und meinen morgendlichen Gipfel komponiere ich meine Hammelkoteletts mit frischen Bohnen!

*) Das ist ein Zitat aus Avigdor Dagans »Der Hahnenruf«, den ich zu dieser Zeit mit großem Genuss gelesen habe.

Das Adjektiv macht die Musik

Erstaunlich ist es schon, wie sich Bekanntschaften zu Freundschaften entwickeln oder auch nicht und sich dann über den Lauf des Lebens hinweg als Freundschaft oder eben nur als Bekanntschaft erhalten – oder auch nicht. Sicherlich würde man in den meisten Fällen, wenn man Rechenschaft ablegen müsste, Erklärungen und Gründe für das »Oder nicht« parat haben. Manchmal würde es aber sicherlich schwerfallen, einen plausiblen Grund dafür zu finden, dass man sich vollkommen aus den Augen verloren hat.

Während Sandkastenbekanntschaften meistens schlicht dem »Sich nicht mehr erinnern können« anheim fallen, haben Schulkameradschaften schon eine gewisse Überlebenschance, die allerdings wegen beruflicher und sonstiger Veränderungen im elterlichen Bereich einfach durch räumliche Trennungen erheblichen Gefahren ausgesetzt sind. Größere Überlebenschancen ergeben sich aus den Freizeitaktivitäten im Zeitraum des Schulalters, obwohl dafür die gerade angeführte Gefahr gleichermaßen gilt. Es ist aber doch ein Unterschied, ob man notgedrungen ein bestimmtes Wochenzeitkontingent zusammen in einem Klassenzimmer verbringt oder ob man gemeinsam Streiche ausheckt, den Hausmeister oder Nachbarn ärgert, sich in Einigkeit mit der »Blasn« von der Parallelstraße Straßenschlachten liefert oder selbst – wenn auch ein Widerspruch in sich – **gemeinsam** einem Mädchen nachsteigt. Solche verschworene Bande gedeihen besonders gut in einem Wohnblock mit Hinterhof – es sei denn, man hat das Glück, auf einem Dorf aufzuwachsen. Ein guter Grundstock für dauerhafte Freundschaften ergibt sich auch aus sportlichen oder künstlerischen Gemeinsamkeiten, der Fußball- oder Tennismannschaft, Blaskapelle oder Theatergruppe. Ich hatte in dieser Beziehung einen besonders ergiebigen Nährboden: Wir trafen uns zum Trainieren im Grünwalder Klettergarten, zum Beratschlagen der nächsten Ziele im allgemeinen und dem für das kommende Wochenende im speziellen am Münchner Hauptbahnhof und dann verlebten wir 2 Tage zusammen auf schweißtreibenden Anstiegen, in gefährlich steilen Felswänden, auf einsamen Gipfeln – und einen meist recht lustigen Abend auf einer Hütte. Vehemente Glücksgefühle ebenso wie gemeinsam durchgestandene Angst, gegenseitiges liebevolles Frotzeln ebenso wie die Verantwortung füreinander waren ein verlässliches Material für lebenslange Freundschafts-Schweißnähte!

Aus der gymnasialen Schulzeit sind mir tatsächlich keinerlei Verbandelungen geblieben, was zu einem hohen Prozentsatz damit zu tun hat, dass ich einerseits schon lange außerhalb meines ehemaligen schulischen Wirkens lebe und andererseits sich von den dort Verbliebenen keiner so recht für die Organisation von Klassentreffen zuständig fühlt. Aus der Studienzeit dagegen sind trotz großer räumlicher Trennungen wirkliche Freundschaften geblieben. Irgendwie ist dort der Wunsch nach gelegentlicher gegenseitiger Besichtigung auch größer. Ein erstaunliches Erlebnis ergab sich aber vor einigen Jahren aus einem Fernsehauftritt. Unter der Moderation des bekannten Sportreporters Gerd Rubenbauer lief ja eine Zeit lang die Sendung »Gaudimax«, zunächst nur im Dritten des BR, danach sogar in der ARD. Auf der Suche nach geeigneten Witzerzählern hatte sich das Fernsehteam an meinem Heimatort an Vereine und Privattheater gewandt, ob hier entsprechende Kandidaten zu finden wären. Mein Theaterintendant hatte ohne mein Wissen meinen Namen angegeben und meine Tochter hat mir, als der Anruf vom TV kam, meine Bedenken aus- und mich quasi in das Casting hineingeredet. Natürlich nützte Rubenbauer das weidlich aus, dass er da einen leibhaftigen Professor zum Witze-Erzählen präsentieren konnte. Als die

Sendung ausgestrahlt wurde, klingelte anderntags schon am Morgen das Telefon. »Herr Professor, ich habe Sie gestern in der Sendung Gaudimax gesehen. Sagen Sie, könnte das möglich sein, dass Sie einmal in der Nähe von München gewohnt haben?« »Ja, ich habe von 1947 bis 1950 in Türkenfeld …« »Gell, dann bist du es doch«, schreit da der Anrufer durch die Leitung. Und seither fahre ich, wenn ich Zeit habe, alle paar Jahre nach Türkenfeld zum Klassentreffen der Volksschule! Ich sei der einzige gewesen, der ihnen abgegangen sei, wurde mir bei meinem ersten Zusammentreffen gesagt. Unglaublich, dass da jemand nach beinahe 50 Jahren mich von der Mattscheibe herunter identifiziert. Und unglaublich war es für mich auch, wie viele ich von der Physiognomie doch irgendwie noch einordnen konnte.

Aber nun wird es Zeit, der Überschrift gerecht zu werden. Sinn und Zweck des Philosophierens über Freundschaften kann ja nur sein, auf das eigentliche Thema hinzuleiten. Wir haben noch engen Kontakt zu einem Jugendfreund, der aus der Kategorie »Hinterhof« stammt. Wenn ich sage wir, so trifft das parallel und wechselseitig diagonal auch auf unsere Frauen zu. Gelegentlich logieren wir dort, wenn es uns wieder einmal nach München treibt. Und einmal waren wir ihre Silvestergäste. Irgendwie muss ich mit meiner Frau ein wenig in die Haare gekommen sein. Als das dann wieder geglättet war, erzählte uns unsere Gastgeberin von einer ähnlichen Episode anlässlich einer vorangegangenen Silvesterfeier bei ihnen. Wieder war ein befreundetes Ehepaar eingeladen. Der Mann – das wusste man – liebte es, sich deftig auszudrücken. Ähnlich wie bei uns gab es wegen einer Nichtigkeit zu vorgerückter Stunde einen kleinen Streit. Im Gegensatz zu mir, der ich mich bei solchen Gelegenheiten um vornehme Ausdrucksweise bemühe (vermutlich würde meine Frau – aus Prinzip – widersprechen), hielt sich dieser Ehemann nicht lange mit Höflichkeitsfloskeln auf und titulierte seine Frau als alte Sau. Obwohl sie, wie bereits ausgeführt, ähnliches des öfteren zu hören bekam, war sie jetzt ernstlich empört und beleidigt. Unsere Gastgeberin versuchte sie zu beschwichtigen, sagte ihr, sie wisse doch, dass im Bayerischen recht oft im Tierreich Anleihen genommen würden, um seinen Standpunkt zu unterstreichen und dass das doch nicht so gemeint sei, kein Mensch würde sie einer Sau gleichsetzen. »Nein, nein, die Sau macht mir gar nichts aus«, erwiderte sie, »aber dass er **alte** Sau gesagt hat, das verzeih ich ihm nicht«.

Ein Dekan am Boden

In unserem Studiengang »Vermessungswesen« war – zu einem Zeitpunkt, da die Studenten schon weitgehend selbstständig arbeiten konnten – eine sog. Hauptvermessungsübung vorgesehen. Das hatten wir Dozenten während unseres Studiums von Hochschule zu Hochschule unterschiedlich ausgiebig absolviert und diese Einrichtung als ausgesprochen positiv empfunden und so wollten wir das unseren Studenten ebenfalls angedeihen lassen. Es geht eben bei der Vermessung nicht nur um die Fertigkeiten der Instrumentenbedienung und der rechnerischen Auswertung, sondern vor allem auch um Planung und Organisation einer Messkampagne und um den sinnvollen Einsatz des zur Verfügung stehenden Personals bzw. Teamarbeit. Das alles sollten sie in der Gruppe und an einem ausgedehnten Projekt lernen. Dazu bedurfte es eines ausreichenden Zeitangebots – und einer entsprechenden finanziellen Ausstattung, um den Studenten für Fahrtkosten, Übernachtung und Verpflegung einen Zuschuss geben zu können. Denn sinnvoll war eine solche Übung nur, wenn sie außerhalb des Studienortes stattfand, wo die Teilnehmer auch abends noch zusammensitzen, auswerten, diskutieren oder auch nur ein gemeinsames Bier trinken konnten. Den zeitlichen Rahmen konnten wir in unserer Studienordnung selbst festlegen – meist hatten wir 14 Tage eingeplant – aber das Geld mussten wir beim zuständigen Ministerium besorgen. Und dafür bedurfte es logischerweise einer langwierigen Überzeugungsarbeit. Wie das aber bei Behörden allgemein üblich ist, hört man wochen- bis monatelang nichts, um dann urplötzlich mitgeteilt zu bekommen, dass man innerhalb 14 Tagen Stellung zu beziehen, durchzuführen oder zu zahlen habe. So auch hier. Wenige Tage vor Semesterende kam unser Dekan zu mir und erklärte: »Unser Antrag für

HVÜ-Mittel ist genehmigt. Du musst unbedingt im Herbst etwas organisieren, damit wir das noch nützen können«.

Also machte ich mich daran, ein einigermaßen plausibles, geeignetes Projekt zu entwerfen und ein dafür geeignetes Gelände zu finden, wo wir auch einigermaßen ungestört agieren konnten, ohne von Grundstückeigentümern mit Hunden oder der Polizei oder beidem gejagt zu werden. Diese Vorsicht kam nicht von ungefähr: Es war meine erste berufliche Tätigkeit, die Absteckung der neu geplanten B16 in der Nähe von Abensberg, als ich vor einem Mistgabel bewehrten Bauern die Flucht ergreifen und später meine Arbeit nur unter Polizeischutz weiterführen konnte. Außerdem war Voraussetzung, dass in der Gegend eine erschwingliche Unterkunft zu finden war.

Am ehesten – so sagte ich mir – würde ich so etwas im Gebirge finden. Als ehemaliger Münchner bin ich immer noch Mitglied der größten Sektion des Deutschen Alpenvereins – und die nennt eine ganze Reihe von Selbstversorgerhütten ihr eigen, für die nur Mitglieder den Schlüssel bekommen. Aus meinen frühen Kletteranfängen und späteren Treffen der »Alten« hatte ich schon immer ein Faible für unsere Kampenwandhütte – versteckt hinter einem Rücken, aber ganz nahe dem touristischen Trampelpfad von der Seilbahn hinüber zur Steinlingalm und mit einem herrlichen freien Blick ins gegenüberliegende Kaisergebirge ausgestattet, war sie ein Juwel unter unseren Hütten. Und das mit der Seilbahn war für meine Zwecke natürlich eine wesentliche Voraussetzung. Ich konnte schließlich meine Flachländler nicht 3 Stunden lang Theodolite, Distanzmesser, Batterien und Stative über 1000 Höhenmeter schleppen lassen.

Also wandte ich mich zunächst an meine Sektion und als ich von dort das Placet hatte – unter der Bedingung des Hüttenwarts, dass wir ihm sein entfernt gelagertes Holz zur Hütte schleppen sollten – ging mein nächster Brief an die Kampenwand-Seilbahn. Der Leiter der AG zeigte sich außerordentlich kooperativ und räumte uns hervorragende Konditionen ein. Und mit einem Projekt »Vorbereitende Messungen für einen Tunnelbau von Schleching nach Aschau« waren meine Studiker ausreichend ausgelastet. Einziges Problem: Die Hütte hatte nur 18 Schlafplätze. Mit mir als Betreuer und meinem Dekan, der sich das nicht entgehen lassen wollte, waren wir aber 23. Nun war mir aus meiner bergsteigerischen Vergangenheit so eine Situation nichts Ungewohntes – wie oft hatten wir schon an noch einmal sonnenverwöhnten Herbstwochenenden die Nacht wie Sardinen geschlichtet mehr überstanden als geschlafen. Aber auch das wollte ich weder meinen StudentInnen noch meinem Dekan zumuten. Also kletterte ich noch während der Semesterferien eines Tages hinauf zur nahegelegen Steinlingalm, um herauszufinden, ob dort a) ggf. Übernachtungsmöglichkeiten bestünden und b) die Alm zum vorgesehenen Termin überhaupt noch geöffnet war. Ja, übernachten könne man bei ihnen und man habe bis zum letzten Oktoberwochenende offen. Damit stand der Expedition nichts mehr im Wege.

Während ich mit den Studenten und dem gesamten Material in einem gecharterten Bus anreiste, wollte der Dekan an der Talstation der Seilbahn zu uns stoßen. Nachdem ich ein Verfechter größtmöglicher Selbstständigkeit und Eigenverantwortlichkeit bei der studentischen Ausbildung bin – denn dabei passieren die meisten Fehler und wiederum aus Fehlern lernt man am meisten – hatte ich auch die Zusammenstellung des benötigten Instrumentariums weitgehend den Studenten überlassen. Freilich ließ ich mir letztlich eine Liste geben, um sie durch Lebensnotwendiges zu ergänzen oder Überflüssiges zu streichen. Was ich aber keinesfalls zu überwachen gedachte, war das Einladen des ganzen Materials.

Es war mitten auf der Autobahn zwischen Würzburg und München, dass einem der aufmerksameren Studenten Zweifel kamen, ob auch alle Stative im Bauch des Busses verstaut worden waren. Am nächsten Parkplatz stellte sich heraus, sie waren nicht! Umkehren hätte unseren Zeitplan schon sehr durcheinander gebracht und außerdem unseren Dekan an der Seilbahnstation Wurzeln schlagen lassen. Also bemühte ich meine alten Münchner Verbindungen: Ein Telefonat mit dem Deutschen Geodätischen Forschungsinstitut in München brachte mir außer einem mitleidigen Lächeln die Zusage ein, dass das Gewünschte für den benötigten Zeitraum für uns abholbereit bereit liegen werde.

An der Seilbahnstation erwartete mich ein einigermaßen aufgeregt verstörter Dekan. Das lag aber nicht an unserem durch den Umweg in die Münchner Innenstadt verursachten verspäteten Erscheinen. »Weißt du eigentlich, dass die Steinlingalm gar nicht geöffnet hat«, empfing er mich fast ohne Begrüßung. Wie sich herausstellte, war die Auskunft, die man mir gegeben hatte, unvollständig: Das mit dem letzten Oktoberwochenende stimmte schon, aber man hatte mir verschwiegen, dass unter der Woche kein Betrieb war. »Nun ja«, sagte ich meinem Dekan, »dann musst du dir halt ein Zimmer im Tal suchen oder auf dem Boden schlafen«. Das fand er zwar gar nicht erheiternd, aber jetzt ging es ja in erster Linie darum, unsere Gruppe und das Material mit der Seilbahn in die Höhe zu befördern. Und spät war es ja nun ohnehin geworden.

Von der Bergstation mussten die technischen und persönlichen Utensilien noch gut eine Viertelstunde bis zur Hütte geschleppt werden. Ich war mit der ersten verfügbaren Kabine nach oben entschwebt und hatte die Organisation des Transports meinem Kollegen überlassen. Als dann die ersten ihre Lasten vor der Hütte ablegten und mit ihnen auch mein immer noch nicht ganz beruhigter Begleiter auftauchte, kräuselte sich schon erster Rauch aus dem Kamin und ich war mit der Kraxe und einem Plastikkanister bereits auf halbem Weg zurück von der Wasserstelle. Bis wir alles an Ort und Stelle hatten, sich jeder an der Aussicht begeistert und die Hütte inspiziert hatte, war es beinahe Abend geworden und ich gemahnte meinen Dekan, dass er sich daran erinnern solle, dass die letzte Seilbahn kurz vor 17 Uhr fahre, falls er sich für ein bequemes Bett im Tal entschieden habe. Na ja, das würde wohl doch eine Hetze und eine Nacht würde er wohl irgendwie überstehen, erhielt ich als Antwort.

Es wurde ein lustiger und langer Abend, der Kachelofen gab eine gemütliche Wärme von sich und für den Dekan fand sich sogar eine Reservematratze, so dass er – wenn auch auf dem Boden – trotzdem ohne Blessuren den folgenden Morgen erlebte.

Die Studenten gingen mit Feuereifer an die Aufgabe, die ich ihnen gestellt hatte, heran, ich turnte in kurzer Hose und Kletterschuhen über den Felsgrat der Kampenwand, und machte mir dabei ein Bild von den Truppenbewegungen, ohne in irgend einer Form regulierend einzugreifen und abends hatte ich mir einen Arbeitsbericht des Tages ausbedungen. Außerdem hatte ich abends auf einen zünftigen Schaffkopf gehofft. Aber da wurde ich enttäuscht. »Bitter enttäuscht« hätte ich unter normalen Umständen geschrieben. Allerdings waren die Umstände eben nicht ganz normal. Nicht, dass nicht wenigstens ein Teil der Studenten dieses Kartenspiel beherrscht hätte – zu unserer Zeit gehörte der Schaffkopf sozusagen zur Ausbildung – aber sie waren – zweifelsohne erfreulich – derart bei der Sache, dem Zusammenstellen und Vergleichen der Ergebnisse des Tages ebenso wie der Planung für den nächsten Tag, dass sie damit gut bis 22 Uhr beschäftigt waren. Und dann schlupften meine bergungewohnten Tunnelbauer gerne unter die Decken.

Offenbar waren diese – gleichwohl anstrengenden – Tage ein Highlight ihres Studiums. Denn noch lange, nachdem sie ihr

Diplom in der Tasche, einen Job und teilweise Frau und Kinder hatten, waren sie mit mir zu einem Nostalgie-Wochenende auf der Kampenwandhütte.

Ach ja – und mein mindestens ebenso bergungewohnter Dekan hat damals eine ganze Woche durchgehalten, auf dem Fußboden schlafend, auf einem Plumpsklo sich entleerend und ohne Dusche!

Abhärtung

Mein Sohn hat mich zum Opa gemacht. Nicht nur einmal, sondern schon zweimal und es besteht der begründete Verdacht, dass er es ein viertes Mal tun wird. Seien Sie beruhigt, ich weiß, dass nach zwei nicht vier sondern drei kommt. Aber seine Schwester ist ihm da dazwischen gekommen. Zwar hält sich das Opa-Gefühl im Vergleich zum Oma- und Tantengefühl in Grenzen, ja, eigentlich ist der Begriff »Gefühl« im Zusammenhang mit Oma und Tante viel zu allgemeinbeschreibend: Verklärung käme der Sache schon näher. Opa, Oma und Tante trennen von ihren beiden Erst-Enkeln runde 9000 km. Zum Glück sagt er, leider sagen Letztere.

Das könnte missverstanden werden und daher liefere ich die Gebrauchsanweisung dieser Aussage besser gleich hinterher: Natürlich ist so ein junges, hemmungslos seinen Bedürfnissen lebendes, (noch) keinen »Das macht man nicht« oder »Das hat man eben heute so« unterworfenes Leben etwas faszinierendes, aber es ist daneben gelegentlich auch anstrengend – und das nicht zuletzt wegen der umgebenden und Willen aufoktruierenden Weiblichkeit. Mit anderen Worten – und das war schon bei meinen Kindern so – mich haben meistens nicht die Kinder, sondern die sie und vor allem **mich** umgebenden Familienangehörigen unterschiedlichsten Verwandtschaftsgrades aufgebracht.

Nachdem der Sohn seine Wurzeln in Deutschland und seine Frau die ihren in Holland hat, war es nur selbstverständlich, dass der erste Nachwuchs auch einmal der europäischen Verwandtschaft präsentiert werden musste. So bekamen wir die kleine Lucina im zarten Alter von ein paar Monaten zu Gesicht, durch die Luft gejettet über besagte 9000 km. Dabei verblüfft mich, mit welcher Selbstverständlichkeit diese Elterngeneration solche Reisen zusammen mit ihren Kleinkindern unternimmt. In jungen Jahren hätte mich auch noch verblüfft, wie problemlos eben diese eine derartige Luftverfrachtung überstehen. Aber bereits unser Kinderarzt hat meiner Frau, als sie Bedenken wegen meines geplanten Norwegenurlaubs mit unserem ein-einhalb Jahre alten Sohn äußerte, zu verstehen gegeben, dass der um einiges mehr aushalten würde als die Mutter.

Ohne Zweifel – unsere Enkelin ist ein ausnehmend hübsches und süßes Mädchen und auch der sich eher mit solchen Äußerungen zurückhaltende Opa hatte seine Freude an und mit ihr. Vor allem, wenn er Mutter, Oma und Kinderwagen über einen seiner berüchtigten Abschneider auf ihre Geländetauglichkeit hin testen konnte. Zur Hochzeit der zweiten Schwester hat unser Sohn seine inzwischen auf vier Mitglieder angeschwollene Familie erneut nach Old Germany verfrachtet. Die kleine Lucina konnte bereits ein kleines deutsch-englisch-holländisches Vokabular vorweisen, ihr Bruder Felipe beschränkte sich noch aufs Quängeln.

Zwischenzeitlich haben natürlich Oma und Tante zu verschieden Terminen den großen Teich überflogen, um die Feststellung der Fortschritte hinsichtlich Größe, Gewicht, Gehvermögen und Geplapper vor Ort zu betreiben. Und mit strahlenden Augen sind sie jeweils zurückgekommen – und mit Geschichten, z.B. über die ersten Essversuche mit dem Löffel, die man vorteilhafterweise ins Freie verlege, weil ansonsten die jeweils notwendig werdende Renovierung der Wohnung zu sehr ins Geld laufe. Oder von der sadistischen Ader der jungen Dame ihrem kleinen Bruder gegenüber. Der arme Kerl müsse immer gewärtig sein, dass er körperlich an die Anwesenheit der großen Schwester erinnert werde, wenn sie anwesend war. Offensichtlich schien ihr dieser Bruder ein soviel lebensechteres Spielzeug, als alles, was ihr bisher vermacht worden war, weil die Nuancen der – dennoch verlässlichen – Reaktionen von keinem Puppenhersteller fabriziert werden konnten. Außerdem reagierten dann ja auch noch die Erwachsenen, was zweifelsohne einen besonderen Kick bedeutete. Und – nach der mehr oder weniger offenen Traktierung des Bruder-Spielzeugs und dem kalkulierten Heul-Resultat konnte man so herrlich seine mütterlichen Gefühle ausleben und ihn mit Streicheln und Küssen trösten, um ihn wieder für neue Experimente in die rechte Fasson zu bringen.

Irgendwann nun hatte die Mutter einen wichtigen Termin, zu dem sie ihren Sprössling nicht gut mitnehmen konnte. Lucina war im Kindergarten und so brachte sie kurzerhand den kleinen Felipe ihrem Mann ins Büro, mit der Bitte, ihn eine Stunde bei ihm deponieren zu dürfen. Der ließ seinen Sohn einfach sein Büro erkunden, was dieser auch mit großem Eifer tat, und widmete sich wieder seiner Schreibtischarbeit. Nach einiger Zeit betrat ein Kollege den Raum, um irgend eine Angelegenheit mit seinem Chef zu besprechen. Der hatte inzwischen die Anwesenheit seines Sohnes vermutlich schon vergessen, der Neuankömmling konnte sie nicht wahrnehmen, denn der kleine Krabbler war inzwischen unter dem Schreibtisch angekommen. Plötzlich gab es einen Bums, was zwar beide kurz ihr Gespräch unterbrechen ließ und dem Vater seinen Sohn wieder ins Gedächtnis brachte, der Kollege aber meinte wohl, dass sein Chef vielleicht mit dem Fuß das Schreibtischbein traktiert habe. Als kurz darauf unverkennbar ein zweiter Bums zu vernehmen war, erklärte der Vater schließlich die Situation und sprach die Vermutung aus, dass der Sohn sich unter dem Tisch den Kopf angestoßen habe. In diesem Moment krachte es noch einmal. Der Kollege äußerte sein Erstaunen, dass der Kleine nicht, wie man das von kleinen Kindern in ähnlichen Situationen gewöhnt sei, zu heulen anfange. Worauf ihm der Vater erläuterte, dass es da noch eine Schwester gäbe, die für die entsprechende Abhärtung sorge.

Ob der Kollege daraufhin über die Vergrößerung seiner Familie nachgedacht hat, entzieht sich meiner Kenntnis.

Gespenstisches

Angst ist ein beinahe alltägliches Element des menschlichen Lebens. Es gibt aber so viele Formen der Angst, so viele Nuancen und Schattierungen, dass die Unterbegriffe wie Entsetzen, Schrecken, Grauen, diese Vielfalt nur sehr unvollkommen deutlicher beschreiben können. Wie verschieden ist doch die langsam vom Moment des Erwachens über die Busfahrt bis hin zum Empfang des Aufgabenblattes wachsende beklemmende Angst des Prüflings von der schockartigen des Autofahrers, dem plötzlich bei 100 km/h auf seiner Fahrspur ein Hindernis entgegenfliegt. Natürlich habe ich als Bergsteiger, als Kletterer oft und oft Angst gehabt, die langsam schleichende, wenn der Abstand zum letzten Haken immer größer und der Weiterweg – oder ein nötiger Rückzug – immer unwahrscheinlicher wurde, oder die blitzartig in die Glieder fahrende, beim Surren der aus heiterem Himmel niederprasselnden Steinsalve. Oder wenn der erste Blitz zuckt und der Donnerschlag sich gleichzeitig in allen Wänden bricht. Oder das Herzklopfen, wenn man in den Hang hineingeht, den man queren **muss**, um wieder in die Zivilisation zurückzukehren, der aber unter seiner scheinheiligen Ebenmäßigkeit wie eine Kobra mit seinen Lawinenaugen droht.

Berechtigte Angst. Unangenehme Angst.

Davon will ich nicht schreiben. Ich möchte dem Gruseln, der prickelnden Angst ein paar Seiten widmen, von dem erzählen, was jedem anständigen Menschen schon einmal widerfahren ist, wenn er allein durch den Wald ging. Natürlich muss es nicht der Wald sein, eine einsame, dunkle Gasse in einer fremden Stadt tut es auch, aber die ganz normale Natur – und im Besonderen das Gebirge – verfügt über ein schier unendliches Repertoire an verdächtigen Geräuschen, und sei es auch eine völlige, ungewohnte Stille, hat eine unerschöpfliche Trickkiste an Lichteffekten und Schattenspielen, an unverhofftem Windhauch und klebriger Feuchte, dass jede Geisterbahn nur ein dürftiger Abklatsch sein kann.

Die Katalysatoren für ein richtiges Gruseln sind eigentlich alle aufgezählt – Alleinsein, Dunkelheit, Geräusche. Das muss nicht notwendigerweise zusammentreffen, zwei dieser Hexenelixiere garantieren meist schon ein mulmiges Gefühl, ein spür- und hörbares Herzklopfen, wo man doch vorher gar nichts gespürt und gehört hat, eine innere Spannung und Reizempfindlichkeit, die dem reizabgestumpften Menschen an sich schon unheimlich wirken muss. Nicht nur bei schwächlichen Damen, meine Damen, auch muskelprotzende Zweizentner-Kolosse sind dagegen nicht gefeit. Denn das in die Lautlosigkeit eines trüben Herbsttages ächzende Geräusch eines Baumes, das Klagen der Wipfel im Nachtwind, der Nebelfetzen, welcher Bewegung und Gestalten vorgaukelt, ist nichts, dem man mit Fäusten oder Muskelkraft Herr werden könnte, das verbreitet urtümliche Ur-Angst, für die man höchstens durch Gewöhnung ein gewisses dickes Fell bekommen kann.

Den Manni, einen baumlangen Kerl im besten Rauf-Alter, den kein noch so glatter Riss, kein noch so abweisender Überhang schrecken konnte, fanden seine Kameraden, die erst in der Nacht auf die kleine Plankensteinhütte nachkamen, schlafend am Tisch sitzen – mit einem furchterregenden Brotmesser in der Hand.

Und zu nächtlicher Stunde durch den Forstenrieder Park wandern – meinen Sie, der erhöhte Pulsschlag sei nur auf die Bewegung zurückzuführen? Der Ernstl und sein Kletterpartner hatten sich in einer Wettersteintour ganz schön verspätet und als sie auf ihrem Motorrad mehr schlafend als wachend gen München fuhren, schien auch dem Motorrad die Lust an der Nachtfahrt zu vergehen. Es streikte. Mitten in der Nacht. Nix mehr Benzin. Nix mehr Verkehr, nix Tankstelle offen. Der Fahrer beschloss, sich neben sein müdes Gefährt zu legen und das Aufgehen der Sonne und das Aufstehen des Tankwarts abzuwarten. Der Ernstl vom Sozius aber war ein gewissenhafter Mensch und wollte zu gewohnter Stunde an seinem montäglichen Arbeitsplatz stehen. Daher beschloss er, den Rest der Strecke zu Fuß zurückzulegen, was ihn zwangsläufig durch besagten Forstenrieder Park führte. (Nicht-Münchnern sei an dieser Stelle verraten, dass der Forstenrieder Park eigentlich ein ganz normaler Wald ist und nichts gemein hat mit einer liebevoll ersonnenen Anlage wie beispielsweise dem Nymphenburger Park). Vorangetrieben von seinem Pflichtbewusstsein, aber nichtsdestoweniger eingeschnürt von Mulm und Gruseligkeit, schnappte er sein Taschenmesser auf und setzte so bewaffnet seinen Heimweg durch den nachtdunklen Tann fort. Ein Glück nur, dass er in der Finsternis nicht gestolpert ist, sonst hätte er möglicherweise angenommen, ihm habe tatsächlich ein Messerstecher aufgelauert!

Natürlich kenne ich diese Geschichte nur aus der Erzählung. Schön daran ist aber nicht nur der Inhalt, sondern die Tatsache, dass und wie der Ernstl bei unseren selten gewordenen Begegnungen diese seine Geschichte zum Besten gibt: Da blitzt immer noch ein bisschen Grusel aus seinen Augen und er lacht über sich selbst, bis ihm die Tränen kommen – und behauptet immer noch, dass er das Taschenmesser ja nur der Wildschweine wegen gezückt habe.

Wir hatten uns im Klettergarten zusammengefunden, sechs unternehmungslustige Nacheiferer von Dülfer und Maduschka, Ertl und den Schmitt-Brüdern. Zwischen 15 und 17 waren wir jung und voller unverbrauchter Begeisterung. Und wenn man erst einmal so richtig und ausschließlich für eine Sache Feuer gefangen hat, dann lässt man sich dabei ungern bremsen, auch nicht von Jahreszeiten.

Es war irgendwann im November, als wir uns entschlossen, unsere Härte noch einmal an den Ruchenköpfen zu testen. Der Schnee war in diesem Jahr früh und ausgiebig gekommen, jedenfalls so ausgiebig, dass mit dem Härtetest im Fels auch gleich die Skisaison eingeleitet werden konnte. Die Kameraden waren schon Samstag Früh gestartet, während mir als Gymnasiast nichts anderes übrig blieb, als den Samstag Vormittag ungeduldig auf einer Schulbank abzusitzen. Den Mittagszug Richtung Bayerischzell schaffte ich nicht mehr, der nächste Countdown am Holzkirchner Bahnhof für einen »Langsamen« lief erst um 14.30 Uhr, Fahrzeit bis Geitau ca. 2 Stunden. Das bedeutete, dass es fast schon finster war, als ich mich an den 3-4 Stunden-Aufstieg zum Rotwandhaus machte.

Ich kannte ja den Weg von vielen sommerlichen Unternehmungen mit Bruder, Familie und meinen neu gefundenen Spezln, aber der Schnee hatte die Anhaltspunkte verschluckt, alles war fremd, als wäre ich das erstemal in dieser Gegend. Eine Taschen- oder gar Stirnlampe besaß ich zu diesem Zeitpunkt noch nicht, ich hätte sie gegen meine Kerzenlaterne auch gar nicht eingetauscht, schließlich hatten alle meine großen Vorbilder auf den Früh-Aufbruchs-Fotos eine Kerzenlaterne in der Faust, zwischen den Zähnen oder vom Zeltfirst baumeln. Und, ich muss hinzufügen, so ein Kerzenschein war im Vergleich zu dem Neutrums-Leuchten einer Taschenlampe ungleich wärmer, heimeliger und – lebendiger. Nur, wenn die Hände für die Skistöcke benötigt werden, gab es Transportprobleme mit meiner Lichtquelle. Folglich ging ich meist im Dunkeln.

Vielleicht hätte ich es sonst gar nicht bemerkt, das schwache Licht, das dort oben am Berghang hin und her tanzte, hin und her schwang – ja, das mussten die Kameraden sein, sie kamen mir entgegen. Wie schön ist es doch, wenn man solche Freunde hat, sich so aufeinander verlassen kann. Ich zündete meinerseits die Laterne an, was meist nicht ganz schadlos für die Fingerkuppen verlief, schwenkte sie ein paar mal hin und her wie der Ministrant das Weihrauchfass und dann setzte ich mit neuem Elan, wenn auch etwas gehandicapt durch meine Positionslampe, den Aufstieg fort. Bei der nächsten Spitzkehre suchte ich nach dem Licht, – ja, es war nur eines, hatte sich nur einer aufgerafft, mir die letzten 1 1/2 Stunden Gesellschaft zu leisten oder fuhren sie alle in der Schlange? Mir schien es noch immer ziemlich weit oben, aber näher waren sie zweifellos schon gekommen. Ich schickte einen Jodler hinauf und zog meine Spur gleich um einige Grade steiler.

Beim nächsten Halt waren sie schon ganz nah. »He, ihr fahrts ja bei der Nacht besser wie am Tag!« Keine Antwort. Das Licht stand aber jetzt. Die mussten mich doch hören, mussten mich zumindest gesehen haben. Ich horchte auf das Geräusch gleitender, stemmpflügender Skier. Nichts. Das Licht schien wirklich am gleichen Ort zu verharren. Zumindest verhielt es sich ganz ruhig, flackerte nicht, wie meine Kerzenlaterne das tat. Vielleicht hatte einer sein Lehrlingsgehalt in eine Taschenlampe investiert, – es wirkte auch irgendwie fahler, kälter, dieses Licht.

»Huhuhu, ihr wollt mich wohl verarschen!?« Selbst wenn sie das wollten, so lange hätten sie das niemals ausgehalten, ohne zu kichern oder zu grunzen, dazu kannte ich sie zu gut. Allmählich, nein, eher schlagartig wurde mir heiß. Das war auch kein normales Licht, das konnte gar nicht von einer Laterne stammen, erst recht nicht von einer Taschenlampe, das war länglich, wie ein Leuchtstab!

Als erste Vorsichtsmaßnahme löschte ich meine Laterne. Dann fasste die Vernunft langsam wieder Tritt in dem aufgeklärten Gymnasiasten-Hirn. Aber in der Erinnerung an die sommerlichen Aufstiege kam keine Hütte vor, erst weiter oben, beim Soiern-See. Abwarten und beobachten! Also wenn mich der Leibhaftige holen wollte, dann ließ er sich Zeit damit, näher kam die Lichterscheinung jedenfalls nicht. Angst und Vernunft vermischten sich zu Trotz: Wenn Du nicht kommst, dann komme eben ich!

Als ich, nur mehr einen Stock zur Fortbewegung benutzend, den anderen in Form einer Schlagwaffe haltend, ein letztes Mal zur Beobachtung des Gegners innehielt, fand ich des Spukrätsels Lösung: Ein Zaunpfosten, keine zehn Meter entfernt, der aus einem Hüttenfenster, das ich nicht sehen konnte, beleuchtet wurde. Ich war in meinem nachtblinden Aufwärtstasten zu weit nach rechts abgedriftet, und die Alm lag so versteckt, dass sie mir einerseits noch nie im Sommer aufgefallen war, andererseits sich auch jetzt in der Nacht geduckt hinter einem weißen Hang nicht als dunkles Bollwerk zu erkennen gegeben hatte.

Die Anspannung hielt noch einige Zeit an und ließ mich dadurch den Rucksack weniger spüren. Und danach wandelte sich die anfänglich keimende Scham über mein Hirngespinst in ein Gefühl des Stolzes – was war ich doch für ein Haudegen, der da ganz allein mitten durch die Nacht zog.

Kurz nach Weihnachten begannen wir mit der Planung für Ostern. Überhaupt nahm das Pläneschmieden damals einen breiten Raum in meiner Freizeit ein. Da wurden Führer studiert und aus der Karte Anstiege und lange Talhatscher herausgelesen, Stunden zusammenaddiert, Tages-Solls erfüllt – und, selbstverständlich Alternativen erarbeitet. Eine Tour sorgfältig zu planen, fordert seine Zeit, forderte damals ungleich mehr Zeit. Schließlich waren wir damals noch notgedrungene Kunden der Deutschen Bundesbahn und so musste, nachdem die alpine Wunschvorstellung formuliert war, das Unternehmen unter Hinzuziehung des Fahrplans auf seine Realisierbarkeit hin überprüft werden. So manches ausgeklügelte Planwerk fiel da innerhalb weniger Augenblicke in sich zusammen, wenn sich herausstellte, dass die uneinsichtigen Fahrplankonstrukteure um 17.49 Uhr die letzte Chance einräumten, zu Mutters Kochtöpfen zurückzukehren. Dann wurde wieder gerechnet, umdisponiert, geschätzt, – wenn man ohne aufs Teewasser zu warten schon im Dunkel losginge, die Führerzeit sich vielleicht um eine Stunde unterbieten ließe … Oder sollte man sich den X-Zapfen aufheben, bis man noch besser in Form war und sich diesmal mit der Y-Route bescheiden? Schon war man mitten im Alternativen-Spiel. Das ließ sich, – so man wollte, – freilich schier endlos verfeinern: Wenn es aber am Samstag Vormittag regnen, später jedoch aufklaren sollte, oder, falls man am Samstag Früh schon erkennen konnte, dass am Nachmittag ein Gewitter zu erwarten sei … Kombination aus Touren-, Wetter- und Abstiegsalternativen konnten einen durchaus die Woche über beschäftigen, bis man endlich wieder zur Ausführung schreiten konnte. Handelte es sich aber um Großunternehmen wie Ostern, Pfingsten, große Ferien, so konnte man sich ohne Schwierigkeiten mehrere Wochen oder gar Monate der Projektierung hingeben, träumen, sich vergalloppieren und kurz vor Reiseantritt von den Tatsachen Zeit und Finanzen wieder eingeholt werden. So man wollte. Und ich wollte und hatte ein billiges Vergnügen daran.

Das Ergebnis für dieses Ostern, – zu dem ich wahrscheinlich gar nichts beitrug –, weil die anderen weniger ausschweifend und ohne Wenn und Aber einfach ein Ziel auserkoren hatten, war eine Skitour zur Falkenhütte im Karwendel. Da fährt man heutzutage gemütlich in 1 – 1 1/2 Stunden in die Eng und ist dann in weiteren 1 1/2 Stunden auf der Hütte. Bei uns ging es damals im Schneckentempo einer Bockerlbahn nach Lenggries und von dort mit den Rädern nach Hinterriß. Durchs Johannistal braucht man auch im Sommer 3 1/2 Stunden, wir aber mussten spuren und der Proviant für 4 Tage drückte sogar uns magere Pimpfe etwas tiefer in den sulzigen Schnee.

So war es kein Wunder, dass bald die Dämmerung hinter uns das Tal heraufschlich und es war dunkel, ehe wir noch den kleinen Ahornboden erreicht hatten. Schneefall hatte eingesetzt und wir kamen uns insgeheim ein bisschen verloren vor, obwohl das natürlich keiner zugegeben hätte. Unser Selbstvertrauen erhielt aber einen nicht mehr wegleugbaren Knacks, als ein plötzlicher Knall uns aus unserer gleichförmigen Spurarbeit hochfahren ließ. Was war das? Eine Lawine?! Nein. Es war nicht **eine** Lawine, es waren Lawinen und das Grollen rollte nun immer häufiger durch das Tal. Keiner von uns war vorher auf diesem Weg zur Falkenhütte aufgestiegen. So kamen Unkenntnis des Geländes und Unerfahrenheit zusammen, wir hatten keine Ahnung, wie nahe uns dieses Spektakel war, wie gefährdet unser Weiterweg sein würde. Wir wussten nicht, dass das keine Schneebretter, sondern Staublawinen waren, die lautlos wie ein Wasserfall über die Nordwände der Lalider flossen, um dann mit Knall im Kar zu zerstieben. Jedenfalls war uns nicht danach zumute, im Dunkel plötzlich überrollt zu werden und als wir kurz darauf an die Jagdhütte am kleinen Ahornboden stießen, war der Entschluss schnell gefasst, hier nach einem Unterschlupf zu suchen.

Die Entscheidung, ob wir uns in einer solchen Notlage befanden, dass ein gewaltsames Eindringen in die Hütte zu rechtfertigen wäre, wurde uns dadurch erleichtert, dass sich ein Fensterladen problemlos öffnen ließ und das Fenster selbst nur mit einem windigen Nagel gesichert war. So konnten wir in eine Kammer einsteigen, ohne irgend etwas beschädigen zu müssen. Von der Kammer gelangten wir in die kleine Diele des eigentlichen Eingangs, die Tür zur Küche stand halb offen. Die Taschenlampe riss eine gemütliche Sitzecke aus dem Dunkel, einen urigen Holztisch, einen Herd. Er war kalt, aber darüber an einer Schnur hingen ein Hemd und ein Paar Strümpfe, so als hätte sie jemand gerade zum Trocknen aufgehängt.

Während ich mich bemühte, ein Feuer in Gang zu bringen, visitierten die anderen unsere Notunterkunft. Zwei inspizierten die Einzelheiten der Stube, zogen eine Schublade auf, öffneten neugierig eine Schranktür, der dritte verschaffte sich einen Überblick der weiteren Räumlichkeiten. Neben der Kammer, durch die wir eingestiegen waren, hatte ich schon vorher eine zweite Tür bemerkt. Außerdem führte direkt vor der Eingangstür eine Treppe nach oben. Dort im ersten Stock sei ein Schlafraum, berichtete der Franze, die Tür neben unserer Einstiegskammer sei versperrt.

Die anderen hatten inzwischen eine Kerze auf dem Tisch installiert und in Erwartung der Suppe, die ich nach dem ersten erfolgreichen Zündeln an meinem kunstvollen Spreißelgebilde in Aussicht gestellt hatte, auch schon Teller und Löffel bereit gestellt. Allmählich fühlten wir uns schon ganz heimisch, und die ziemlich kleinlauten Buben von vor einer halben Stunde hatten sich wieder zu trutzigen Kerlen gemausert. Man frotzelte, machte die gerade überstandene leise Angst durch laute Worte wett und widmete sich genussvoll den Vorbereitungen für ein ausgiebiges Abendessen.

Mitten in einen Moment der Stille dröhnte das Geräusch einer Türklinke. Wir saßen wie erstarrt, warteten wie ertappte Diebe auf das Eintreffen des Hausbesitzers begleitet von seinem Schäferhund. Aber weder öffnete sich die Tür noch war irgend ein Geräusch zu hören, kein aufstampfendes Abschütteln des Schnees, kein Schließen der äußeren Türe, kein Tasten im Dunkeln, kein Entsichern eines Jagdgewehres.

Ein Knacken vom Ofen her krachte in die angespannte Stille, holte uns aber auch wieder ins Leben zurück. Der gewollt forsche Ton in dem »Ist da jemand?« missglückte zwar, aber immerhin war ein Anfang gemacht. Der Franze ergriff schließlich die Initiative und eine Taschenlampe und öffnete mit ausgestrecktem Arm und respektvollem Abstand die Tür zu unserer guten Stube. Kälte floss aus der finsteren Diele herein, aber der Schein der Taschenlampe traf keinen Hausbesitzer und keinen Hund, sondern die unverändert verschlossene Haustüre. Jetzt stießen auch wir anderen drei nach und als einer geprüft hatte, ob die Eingangstüre immer noch verschlossen war, fanden wir auch unsere Sprache wieder. Wir setzten gerade dazu an, in gewohnter Weise unseren Schrecken abzufrotzeln, da fiel das Licht auf die Tür neben unserer Einstiegskammer. Die Türklinke zeigte schräg nach unten, so als würde sie von innen niedergedrückt!

»Hallo!?« – Schweigen. Mutiger Griff zur Klinke – die Tür ist immer noch abgesperrt. Endgültige Erleichterung! – »Psst!« Der Klaus zischte uns das zu, nachdem er mit der Taschenlampe durchs Schlüsselloch die geheime Kammer ergründen wollte. »Da steckt der Schlüssel von innen«! Erneute beklemmende Stille, dann raffte ich mich auf: »Sie brauchen keine Angst haben, wir sind nur Bergsteiger, kommen'S ruhig raus«. Wäre tatsächlich jemand hinter dieser geheimnisumwitterten Türe gestanden, er hätte sich spätestens jetzt durch prustendes Lachen verraten, denn meine Aufforderung, keine Angst zu haben, triefte vor Angst.

Das Überkochen der Suppe ließ uns für einen Moment zu realen Gegebenheiten zurückfinden. Also die Klinke schien ja etwas wacklig und vermutlich hatte der Franze sie bei seinem Erkundungs-Rundgang nach oben gedrückt und dann ist sie halt gerade wieder runtergefallen, als wir zufällig alle das Maul zu hatten. Aber der Schlüssel von innen? Und die Fensterläden werden ja schließlich auch von innen verriegelt und **der** Fensterladen war solide zu, das hatte ich von außen geprüft. Da musste doch einer drinnen sein, wenn schon kein – ja, wenn schon kein Lebendiger, dann vielleicht ein Toter? Der sich eingesperrt hatte und dann in der Nacht gestorben war? Oder vielleicht hatte ihn der Herzschlag getroffen, als er uns am Fensterladen hantieren hörte? Da hingen doch auch noch die Strümpfe und das Hemd!

Nicht einmal das Frotzeln wollte mehr gelingen, eigentlich machte gar keiner mehr Anstalten dazu, wir unterhielten uns beinahe flüsternd, aßen ungewohnt geräuschlos und mit weit weniger Appetit als ursprünglich diagnostiziert. Unser Schlaflager bauten wir uns in der warmen Stube auf und fühlten uns dann letztlich in der Gemeinsamkeit und Müdigkeit doch einigermaßen sicher. Trotzdem wachte unser jugendlicher Mut und Elan erst wieder mit dem Tageslicht auf. Ein klarer, kalter Morgen sprang uns an, als wir den Laden unseres Einstiegfensters öffneten. Auf dem Küchentisch hinterließen wir einen Zettel, dass wir in Bergnot für eine Nacht eingedrungen seien. Dann legten wir noch 2 Mark dazu, ob für den Verängstigten hinter seiner verriegelten Tür, damit er sich mit ein paar Obstlern von seinem Schrecken erholen könnte oder als Beitrag zum Leichenschmaus, falls die Kammer doch von einem Toten bewohnt sein sollte, – wir wussten es selbst nicht. Wir waren froh, unsere Spur per Augenschein und nicht mehr im Finstern tastend legen zu können, freuten uns an dem Eintauchen der Skispitzen in den frischen, flockigen Pulverschnee und berauschten uns an dem Schauspiel der gelegentlich niederstiebenden Schneekaskaden in den Laliderwänden.

Aber nicht nur den 16-jährigen Buben konnten die Geister der Berge des Nachts derschrecken, auch an dem ausgewachsenen Mannsbild haben sie sich noch versucht – und das mitten am hellen Mittag.

Wie das so geht im Leben, verschieben sich mit der Zeit die Akzente. Während das Denken des 16-jährigen im Wesentlichen mit dem nächsten Wochenende beschäftigt war und nur gelegentlich, allerdings meist sehr ungelegen, von Fragen nach der grammatikalischen Kunst der italienischen Vorfahren und den mathematischen Geistesblitzen des Herrn Pythagoras behelligt wurde, wurde der 26-jährige zunehmend von den Elementen Ehe und Beruf in Anspruch genommen. Und mit den Akzenten bzw. unter deren Einfluss verschob sich auch der eine oder andere Wohnort. Die so unzertrennlich scheinenden Blutsbrüderschaften einer jugendlichen Seilschaft lösten sich fast unmerklich und ohne großen Argwohn auf. Nicht nur, dass man nun getrennte Wege ging, dem einen schien das jugendliche Spiel im steilen Fels unter dem Blickwinkel des reifen Alters doch etwas zu kühn, der andere fand, dass das Wasser auch seine Reize hatte und der dritte wurde gänzlich von seinen neuen Aufgaben in Familie und Beruf vereinnahmt. Erst sehr viel später, als es bereits darum ging, 40- und 50-jährige Jubiläen zu feiern, als man das Bedürfnis verspürte, in alten Erinnerungen zu schwelgen, fand sich die alte Truppe wieder zusammen. Natürlich nicht zu neu ausgeheckten Wochenend-Taten, aber wenigstens einmal im Jahr zu einer gegenseitigen Gewichtskontrolle. Das hat den großen Vorteil, dass man sich fast ohne Erfolgsverlust immer wieder die alten Geschichten erzählen kann und sich jeder jedes Jahr wieder darauf freut.

Zu einem solchen Treffen war ich wieder einmal aus dem fernen Würzburg angereist. Und nachdem der Wettergott es gut mit mir meinte und mir einen herrlichen Spätherbst-Tag bescherte, nutzte ich die Gelegenheit und fuhr in aller Frühe ins Karwendeltal, fast an den Ort des vorherigen Geschehens. Kalt war es, der Boden gefroren, Reif auf den schattigen Talhängen und der erste Schnee in den kältestarrenden Felsen der Nordwände. Aber ein überschwängliches, wärmeverheißendes Sonnenlicht auf den Südseiten.

So suchte ich bald der Kälte auf dem schattigen Talweg

hinauf zur Fereinalm zu entkommen und raufte mich zu dem Gratrücken durch, der – wenn man's weit genug schafft –, letztlich auf der Soienspitze landet. Bis auf das Raufen in den Latschen empfand ich diesen Tag als das, was er war, ein großes Geschenk aus Sonne und Sehen, aus Einsamkeit und ungetrübter Stille, aus Freude, aus Erinnerung. Am Grat stieß ich auf einen Steig und wanderte nun zwischen Licht und Schatten, sonnenwarmen Grashängen und schattenkalten Schneeschluchten. Einmal begegnete ich drei Jägern, weit entfernt auf einem Gratgipfel entdeckte ich eine einsame Gestalt, ansonsten war ich allein, allein mit meinen Gedanken, meinem Glück, den herrlichen Bildern.

Es war ziemlich genau Mittagszeit, als ich mich bei einer kleinen Gruppe von verkrüppelten Zwergfichten niederließ, die mir Schutz boten vor dem leichten, aber doch winterahnenden Wind. Ich war ganz mit meiner Brotzeit und dem Bestaunen der Gebirgskette vor mir beschäftigt, als plötzlich dicht hinter mir Äste krachten. So etwas könnte auch auf einem Waldweg bei einem Spaziergang ein Gespräch unterbrechen, einen Gedankengang stoppen, neugierig machen. Hier aber, in diesem Eingetauchtsein in völlige Ungestörtheit, in dieser Identifikation mit der Einsamkeit hätte ein Messerstich in meinen Rücken kaum stärkere Wirkung zeitigen können, mehr verblüffen und aufschrecken lassen können als dieses Geräusch hinter mir. Ich fuhr herum – und sah mich, keine zwei Meter von mir entfernt, einem Gamskitz gegenüber, das mich, im Gegensatz zu mir, überhaupt nicht verblüfft, sondern eher interessiert betrachtete. Nachdem ich meinen Schrecken hinuntergeschluckt hatte, sprach ich meinen kleinen Störenfried an. Er hörte mir höflich eine Weile zu, drehte sich dann aber mitten im Satz um und verschwand wieder hinter dem Nadelvorhang.

Wahrscheinlich hat er mich doch nicht verstanden.

Das Missverständnis

Wir spielten die erste Saison bei der Tennisverbandsrunde als »Herren 60« in der Bezirksliga. Das bedeutete unter anderem, dass man es nicht mehr nur mit Clubs aus den Nachbardörfern zu tun hatte, sondern dass wir, obwohl offiziell immer noch in Bayern, nach 80 km Anreise in einem völlig neuen Sprachbereich gelandet waren. Trotzdem fiel die Begrüßung durch unsere Gegner verständlich und freundlich aus. Nur das Wetter ließ zu wünschen übrig. Es blieb zwar über den ganzen Zeitraum unserer Begegnung trocken, aber es wehte ein unangenehmer und vor allem unangenehm kalter Wind. Der Gastverein verfügte über 4 Plätze, keine anderen Mannschaften machten uns dieselben streitig und so konnten wir mit allen Einzeln gleichzeitig beginnen.

Nachdem sich alle Paarungen gefunden hatten, begaben wir uns auf die zugewiesenen Plätze. Die üblichen Rituale wurden zelebriert, das Austauschen der Vornamen, die Wahl, ob Aufschlag oder Rückschlag und die gegenseitige Versicherung, dass man sich ein faires Spiel wünsche. Das ist leider oft genug ein reines Lippenbekenntnis, heute aber konnte ich mich in dieser Hinsicht bei meinem Kontrahenten wahrlich nicht beschweren. Er gab auch ab und zu einmal einen Ball gut, den selbst ich im Aus gesehen hätte. Es war etwas anderes, das ich an ihm zu bemängeln hatte: Er war ein ausnehmend unangenehmer Gegner. Oder anders ausgedrückt: Er hatte eine Spielweise, mit der ich anfangs überhaupt nicht zurecht kam. Ich spiele ein eher ungestümes, druckvolles Tennis, was natürlich eine erhöhte Fehlergefahr in sich birgt. Insofern ist es mir am liebsten, wenn mir ein gleicher Typus auf der anderen Seite des Netzes gegenübersteht. Dann ist, wenn der andere nicht ein wirklich exzellenter Tennisspieler ist, die Fehlerwahrscheinlichkeit einigermaßen ausgeglichen. Steht dort aber ein Bringer-Typ, der sein Bringer-Geschäft versteht und mit unspektakulären Schlägen seine eigene Fehlerquote bei den sogenannten »Unforced errors« in der Gegend von Null hält, so ist man gezwungen, die Punkte selbst zu machen. Was wiederum der eigenen Fehlerquote nicht sehr gut bekommt. Der erste Satz ging denn auch knapp mit 6:2 an ihn.

Mir war längst klar geworden, dass ich – wenn überhaupt – nur eine Chance hatte, wenn ich mich auf sein Spielniveau herab begab und meine Tenniskunst darauf beschränkte, einfach den Ball über das Netz zu spielen, um nach endlosen Ballwechseln im geeigneten Moment den vernichtenden Schlag anzubringen. Das widerstrebt zwar in hohem Maße meinem Naturell, aber was tut man nicht alles für die Mannschaft. Und es stellte sich als erfolgreich heraus: Während der erste Satz gerade 25 Minuten gedauert hatte, beendete ich den zweiten nach gut einer Stunde souverän mit 7:5 zu meinen Gunsten. Also musste der dritte Satz die Entscheidung bringen. Wir lagen nie mehr als ein Spiel auseinander und nach einer weiteren Stunde stand es 6:6. Für Nicht-Tennisspieler: Das bedeutet, dass nun ein sogenannter Tiebreak den Satz entscheidet, der so verläuft, dass nun nicht mehr 15:0, 30:0, sondern in normaler Arithmetik gezählt wird – also 1:0, 2:0 usw. Bei 7 ist Schluss. Vorausgesetzt, dass 2 Punkte Unterschied bestehen. 7:5 ist also gleichbedeutend mit »Spiel, Satz und Sieg«, während es bei 7:6 solange weitergeht, bis es z.B. 21:19 steht!

Meine Mannschaftskameraden hatten ihre Matches schon längst mit unterschiedlichem Erfolg zu Ende gebracht und verfolgten seit geraumer Zeit frierend meine verzweifelten Bemühungen. Das konnte man von seinen Kameraden ja schließlich auch erwarten. Es gab aber noch jemanden, der nahezu von Anbeginn an – obgleich ebenfalls frierend – von einer Tribünenbank aus meine Schnelligkeit bewunderte und meine knallharte Vorhand, wenn sie denn einmal traf, mit Applaus bedachte. Und jung und hübsch und weiblich war! Dass sie gelegentlich auch meinem Partner nach einem gelungenen Spielzug applaudierte, nahm ich ihr nicht übel. Im Gegenteil, ich fand es sympathisch, dass sie offensichtlich von einem fairen Sportsgeist beseelt war. Selbst ich gönnte meinem Gegenüber ja ein anerkennendes Nicken, wenn er mich einmal gekonnt passiert hatte. Dass sie aber, wie gesagt, bei dieser Witterung … das war nicht nur eine Herausforderung, das war schlichtweg eine Verpflichtung, dass ich diesen Tiebreak und damit diesen Satz und das Match gewinnen musste.

Gleich den ersten Aufschlag nahm er mir ab, führte gar zwischenzeitlich mit 5:2. Aber da draußen harrte jemand nur wegen mir in der Kälte aus. Ich konnte sie einfach nicht enttäuschen! Ein frecher Stop gelang. Es stand nur noch 5:3. Dann verordnete ich mir selbst wieder Geduld, Geduld, Geduld. Bis er mir endlich so ein müdes Ei ins Halbfeld auf die Rückhandseite legte. Ich setzte ihm den Ball unterschnitten hoch vor seine Füße und stürmte gleichzeitig ans Netz – danach stand es 5:4! Sein Doppelfehler im rechten Moment brachte mir das 5:5. Ja, ja, jetzt war nicht nur spielerisches Können, jetzt waren eiserne Nerven gefragt. Und ein aufmunternder Blick von der Tribünenbank! Nach weiteren 10 Minuten, in denen jeder bemüht war, dem anderen nur nicht ins Messer zu rennen, stand es 6:6. Dann 7:7, 8:8, 9:9.

Nach einer weiteren Geduldsrunde mit endlosen Ballwechseln, drosch ich aus äußerster Bedrängnis eine Vorhand diagonal knapp übers Netz. Sie hinterließ einen unzweifelhaften Abdruck auf der linken Außenlinie, ich führte mit 10:9! Meinen folgenden, knallharten Aufschlag brachte er ohne Probleme zurück, ich drängte ihn in die Rückhandecke und riskierte wieder einmal einen Stop, der mir allerdings etwas zu lang geriet. Er erlief ihn jedenfalls ohne Schwierigkeiten und platzierte mir im Gegenzug den Ball direkt vor die Füße. Mehr in einer Reflexbewegung denn als raffiniert angelegten Lob hob ich den Halbflugball hoch über ihn hinweg. Er machte sich nicht einmal die Mühe, dieser offensichtlich weit im Aus landenden Bogenlampe hinterherzulaufen. Doch für irgendetwas musste der Wind ja gut sein: Der Ball senkte sich genau 5 cm vor der Linie ins Feld. 11:9! Sieg! Ehre! Ein Punkt für die Mannschaft!

Ich versicherte dem erschöpften Verlierer verlogen, dass dieses Spiel eigentlich keinen Gewinner verdient hätte – dann aber ließ ich meinen Schläger fallen und eilte hinaus zur Tribünenbank. Dass ich mich nur für sie so angestrengt hätte, sagte ich ihr. Und dass sie so unverzagt für mich ausgeharrt hätte, dafür müsse ich sie einfach küssen. Was ich dann auch tat.

Inzwischen war auch mein Gegner hinter mir aufgekreuzt. Er wolle sich da anschließen, sagte er und küsste meine Bewunderin auf die Wange. Die ihrerseits umarmte ihn zärtlich und sagte »Nimm's nicht tragisch, Papa«.

Immerhin hat meine Mannschaft mit 4:2 gewonnen!

Stadtrundfahrt

Es war in meiner Studentenzeit. Um präzise zu sein – im vorletzten Semester. Einem Wintersemester. In den Semesterferien hatte ich bei einer Firma gejobbt, die vornehmlich Vorhangstangen produzierte und vertrieb und mir das nötige Geld verdient, um mir den Führerschein leisten zu können.

Sie waren teilweise stupide, teilweise anstrengend, teilweise lustig gewesen, die Ferienjobs während meiner Gymnasiastenund Studentenzeit – lehrreich waren sie allesamt. Meine ersten Versuche, die spärliche Haupteinnamequelle Taschengeld durch eine Nebentätigkeit zu ergänzen, unternahm ich am Tennisplatz des Eisenbahnersportvereins in München-Nymphenburg. In den fünfziger Jahren war Tennis noch ein Sport, der uneingeschränkt den Arrivierten vorbehalten war und so maßen sich im ETSV in der Sparte Tennis mitnichten Lokführer und Rangierer, ja nicht einmal Oberinspektoren und Amtmänner miteinander, sondern Ärzte, Rechtsanwälte und Notare und möglicherweise aus dem eigentlichen Stammgebiet ein Dezernent oder Bundesbahndirektor. Diesem Sportgelände kam ich hauptsächlich deshalb nahe, weil nicht weit entfernt davon die Einfriedungsmauer des Nymphenburger Parks verlief und die bot ein ideales Klettertraining.

Auch das war ein Merkmal der fünfziger Jahre: Die Damen und Herren in Weiß, die sich da auf rotem Sand ein Stelldichein gaben, leisteten sich das, was man heutzutage nur noch am Fernseher bei großen Turnieren sieht, einen Balljungen. Als ich einmal, von meinem Klettertraining kommend, mein Fahrrad an einen Baum lehnte und durch den Maschendrahtzaun hindurch das Hin und Her der damals auch noch weißen Filzkugeln fasziniert verfolgte, fragte mich einer der wohlbeleibten Spieler, ob ich nicht ihren Balljungen machen wolle. Natürlich wollte ich, einfach um einmal auf einem Tennisfeld zu stehen. Dass man dafür auch noch bezahlt würde, war mir zu diesem Zeitpunkt gar nicht geläufig. Der nette dicke Herr rief mich aber, als ich nach Ende des Matches wieder auf mein Fahrrad steigen wollte, zu, ich hätte ja meinen Lohn noch gar nicht bekommen und dann gab er mir ein silbernes 50 Pfennig-Stück und – »weil du so fleißig und wieselflink gewesen bist« – noch 2 Zehnerl obendrein. Das schien mir einfach verdientes Geld und so trieb ich mich von diesem Tag an immer häufiger in der Nähe des Tennisplatzes herum.

Etwas mühevoller und anstrengender gestaltete sich das nächste Engagement im Zusammenhang mit der Eisenbahn. Es muss der Winter 1957 gewesen sein. Die ganze Nacht über hatte es geschneit und als ich zusammen mit Büroangestellten, Verkäuferinnen und einer Gruppe weiterer Fahrschüler frierend im Schneegestöber am Bahnsteig des Laimer Bahnhofs auf unseren Vorortzug wartete, da kam die für Schülerohren so wonniglich klingende Durchsage »… ist wegen der Schneefälle mit einer Verspätung von voraussichtlich 20 Minuten zu rechnen«. Tatsächlich wurden es 27 Minuten und wegen mir hätte er sich auch ruhig noch länger Zeit lassen können.

Unangenehmer empfand ich, dass die Pünktlichkeit der Heimfahrt nach Schulschluss logischerweise ebenfalls unter dem Schneechaos litt. Aber auf diese Weise bekam ich bereits am Hauptbahnhof mit, dass man seitens der Bahn dringend Helfer zum Schneeschaufeln suchte. Angekommen an meinem Vorortbahnhof erkundigte ich mich nach Zeitraum und Konditionen, dann rannte ich nach Hause, schlang mein Essen hinunter, erledigte die Hausaufgaben eher stiefmütterlich und strebte – jetzt angemessen ausgerüstet mit Anorak, Bergschuhen und Überhandschuhen – wieder dem Bahnhof zu. Der Schneefall nahm an Heftigkeit noch zu, die Flocken wurden immer dicker und das Gestöber immer dichter.

Man war wirklich froh um jede Hand, die eine Schaufel schwingen konnte und so brachte ich es nicht übers Herz, der bahnfahrenden Bevölkerung nach ein paar Stunden meine Rettungsdienste zu verweigern, wie ich es eigentlich vorgehabt hatte. Es war beinahe 4 Uhr morgens als ich ziemlich ausgelaugt ins Bett kroch. Dass ich dann in der wohligen Wärme des Chemiesaals einschlief, war unter diesen Umständen nicht verwunderlich, aber taktisch unklug. Da die Sitzreihen des Saales höhenversetzt wie bei einem Theater angeordnet waren, konnte der Lehrer, selbst wenn er gewollt hätte, mein Abdriften in außerschulische Regionen nicht übersehen. Wenn man heute darunter auch etwas anderes versteht: mir war nicht mehr als ein Sekundenschlaf vergönnt.

Üblicherweise kam man ja zu Nebenjobs über Mundpropaganda. »Die suchen…, die zahlen gut…, da muss man sich nicht überarbeiten…« Auf diese Weise fand ich mich auch einmal um 5 Uhr morgens in der Großmarkthalle in München ein. »Die suchten« immer um diese Tageszeit zupackende Handlanger für das Ab- und Umladen der zu früher Stunde angelieferten Ware. Um die Situation richtig einschätzen zu können, sollte ich vielleicht preisgeben, dass ich bis zum Abitur immer der Klassenkleinste geblieben war. So eine ganze Steige Blumenkohl, Blaukraut oder Birnen hat aber ein saumäßiges Gewicht.

Zunächst wurde ich auch – wahrscheinlich nicht einmal absichtlich – inmitten der muskelbepackten Zweizentnergestalten, die ihre Arbeitskraft feilboten, völlig übersehen. Endlich entdeckte mich ein gutmütiger, auch nicht gerade leichtgewichtiger Obsthändler und fragte mich, ob ich mich verlaufen habe. Als ich ihm daraufhin **meine** Arbeitskraft anbot, lachte er kurz aber herzhaft, schnell wandelte sich sein Gesichtsausdruck aber in Besorgnis als ihm klar wurde, dass es mir Ernst war mit meinem Angebot. Aus lauter Gutmütigkeit aber kopfschüttelnd engagierte er mich dann trotzdem. Natürlich hatte mich dieses Gebaren keineswegs entmutigt sondern eher bei der Ehre gepackt und ich schleppte Orangensäcke und Bananenstauden, als hätte ich meine noch früheren Lebensjahre an den Docks von Kapstadt oder Sao Paulo zugebracht. Erfreut beobachtete ich, dass mein Arbeitgeber heimlich mich beobachtete, zunächst in echter Sorge, die sich zunehmend in Erstaunen und Anerkennung wandelte. Trotzdem gab er mir mit meinem Lohn und ein paar lobenden Worten ob meines Fleißes den Rat mit auf den Weg, mir doch in Zukunft eine meiner Körperstatur adäquatere Beschäftigung zu suchen. Wiewohl ich diesen väterlichen Ratschlag noch mit einem verächtlichen Schulterzucken quittierte, musste ich zugeben, dass mir bereits das Schulterzucken weh tat.

Ebenfalls von einem Freund bekam ich den Tipp mit dem Münchner Milchhof. Der Vorteil war, dass man dort auch während des Schuljahres sein Taschengeld aufbessern konnte, wenn besondere Umstände besondere Ausgaben erforderten. Denn die Arbeiten, die dort anfielen, konnten in der Regel nur am Wochenende ausgeführt werden, wenn der eigentliche Betrieb ruhte. Dann galt es den gesamten Milchhofbereich im allgemeinen und die riesigen Stahlbehälter und Zentrifugen im besonderen zu reinigen, weshalb unbedingte Voraussetzung dafür, dass man als Wochenendhelfer akzeptiert wurde, der Besitz von Gummistiefeln war. Womit ich wiederum auf den Freund angewiesen war, weil dessen Familie einen Garten und folglich ein Arsenal an Gummistiefeln ihr eigen nannte.

Es war nichts für schwache Nasennerven, die Tätigkeit in diesem Milch-Mekka. Ein allgegenwärtiger leicht säuerlicher Geruch bildete die Grundnote, in den Bottichen, wo es galt, den dezimeterdicken Milchschwamm abzulösen, konzentrierte sich dieser Duft zu dem von frisch Erbrochenem. Kein Wunder, dass man da gerne auf abgebrannte Schüler zurückgriff.

Mit dem Studium verlagerten sich die Geldbeschaffungs-
bereiche mehr ins Berufsspezifische. Das heißt, die Geldbe-
schaffung war dabei eigentlich sekundär (aber eben nur eigentlich), denn wir waren verpflichtet, vor und dann noch
einmal während des Studiums ein Praktikum von wenigstens 4 Wochen zu absolvieren. Bei der Vermittlung solcher
Praktikumsplätze sind väterliche Beziehungen keinesfalls von
Nachteil. Mein Vater war zwar bei der Bundesbahn beschäftigt, aber trotzdem kannte er einen Bauleiter beim städtischen
Bauamt – möglicherweise war da auch der Gesangsverein der
Kontakthintergrund – der gerade eine Straßenbaumaßnahme
am Luise-Kisselbach-Platz beaufsichtigte. Über ihn wurde ich
an die dort werkelnde Baufirma vermittelt. Die griffen erfreut
zu, statteten mich mit einem Hammer und einer Kelle aus und
ließen mich damit herausgerissene Trottoire-Platten zwecks
Wiederverwendung putzen – von Vorbereitung auf meine Kar-
riere als diplomierter Vermessungsingenieur keine Spur. Als
ich Stapel dieser Platten zur allgemeinen Zufriedenheit von
hinderlichen Dreck-, Sand- und Betonresten an den Rändern
befreit hatte, drückte man mir einen Frosch in die Hand und
hieß mich den Untergrund des Areals, auf dem die Platten
neu verlegt werden sollten, zu stampfen. Die gewählte Formulierung umschreibt die tatsächlichen Verhältnisse allerdings
ungenau. Man drückte dem Frosch mich in die Hand klänge
zweifellos zutreffender: Ein solcher Hüpf-Frosch blubbert und
stinkt, wenn man in anwirft, vorerst ganz friedlich vor sich
hin. Sobald man aber den Gashebel betätigt, ist es vorbei mit
der Friedfertigkeit. Das Gerät hüpft nicht nur in wilder Ag-
gressivität auf und ab sondern auch davon, wenn man nicht
am Frosch ausgebildet ist. Das Geheimnis besteht darin, dass
man dieses kraftstrotzende Biest dadurch zähmt, indem man
ihm scheinbar freien Lauf lässt, also ja nicht sein Auf und Ab
behindert und sein Wohin nicht mit vermuteter stählerner,

sondern leichter Hand führt. Nachdem er mich ein paar Mal wüst herum geschmissen hatte, verschwand mein Frosch bis zum Kopf im Untergrund, wo er mit sicherem Instinkt einen Hohlraum unter dem Trottoire ausfindig gemacht hatte. Da stak er nun und blubberte noch eine Weile, bis ich ihm – von meinem Schreck erholt – den Gashahn ganz abdrehte.

Just in diesem Moment schaute der bauleitende Beamte, mit dem mein Vater wie auch immer verbandelt war, vorbei. Als er von meinem bisherigen Arbeitseinsatz erfuhr, sagte er mir, ich solle morgen Früh um 7:30 Uhr bei seiner Bauleiterbaracke sein und dass er mich bei der Abrechnung einsetzen wolle. Dann hörte ich noch, wie er dem Polier gegenüber ziemlich laut wurde. Den Frosch haben dann andere aus seinem Loch befreit.

Nun saß ich also in der warmen Baracke – warm geworden durch mich, denn so uneigennützig war die Verpflichtung für die städtische Bauleitung auch nicht. Die erste Aufgabe, mit der ich betraut wurde, war, den Ölofen in Gang zu bringen und mich auch fürderhin für die Wärmeerzeugung verantwortlich zu fühlen. Darüber hinaus sollte ich aber laufende Meter, Flächen und Massen, die sich aus den Baumaßnahmen ergaben, ermitteln. Das war mit Rechnen verbunden, bisher nie praktisch angewandte Formeln für Kreisbögen, Segmentflächen und Kegelvolumina bekamen plötzlich eine ernsthafte Bedeutung und ich war mit Feuereifer dabei. Damals konnte ich noch nicht abschätzen, was für eine verantwortungsvolle Aufgabe mir da anvertraut worden war. Erst in meiner späteren beruflichen Praxis wurde mir bewusst, dass auf kaum einem Gebiet soviel beschissen wird, wie gerade auf dem Sektor der Flächen- und Massenermittlung. Erst aus diesen Erfahrungen heraus wuchs in mir im Nachhinein die Erkenntnis, dass ich damals bereits einem Bestechungsversuch ausgesetzt gewesen war.

56

Mein Praktikum kollidierte mit der Oktoberfestzeit. Und in München ist es üblich, dass jede Firma ihren Angestellten einen Nachmittag frei gibt und sie aufs Oktoberfest führt. Obwohl ich ja nun eigentlich nicht mehr bei der Baufirma tätig war, wurde ich eingeladen sie dorthin zu begleiten. »Friss und sauf, was'd kannst, armer Student« spornte man mich an. Und einen 20 Mark-Schein drückte mir der Polier außerdem heimlich in die Hand. Dafür, dass ich für den Wink mit dem Zaunpfahl zu naiv war und ich ihnen folglich keinen Quadratmeter Teerfläche mehr herausrechnete, habe ich sie ganz schön geschädigt: 1 ganzes Brathendl, 1 Steckerlfisch und 5 Maß Bier! Damit hatten sie natürlich überdies nicht gerechnet, dass in so ein Grischperl soviel hineinpassen würde. Wenigstens eine gewisse Befriedigung verschaffte ihnen lediglich meine Beichte am nächsten Morgen, dass ich beim Heimfahren mit dem Radl einen Hydranten »dant genommen hätte«.

Um sowohl den Geldbeutel zu füllen als auch die vorgegebenen Praktikumsforderungen zu erfüllen, verdingte ich mich als Hilfsassistent, was bedeutete, dass ich den unteren Semestern bei ihren ersten praktischen Vermessungsübungen mit meinem geballten, bereits erworbenen Wissen beratend und beaufsichtigend zur Seite zu stehen hatte. Eine zusätzliche sportliche Komponente bekam das ganze, als ich auch zur Betreuung der Hauptvermessungsübung eingeteilt wurde. Das war eine nicht nur vom fachlichen Gesichtspunkt her recht umfangreiche Aufgabenstellung, sondern auch im wahrsten Sinne des Wortes von der Ausdehnung des zu beackernden Gebietes. So war ich ständig mit meinem Rad unterwegs, um die einzelnen Gruppen zu suchen und aufzusuchen. Und da ergab sich für mich und meinen Professor ein durchaus prägendes Zusammentreffen. Der Fachbereich Geodäsie bestand zu dieser Zeit aus 3 Instituten, aber Professor Kneissl war die unumstrittene Eminenz in diesem Triumvirat und entsprechend gefürchtet – von den Assistenten und Kollegen sogar mehr als von den Studenten. Wir beide trafen uns also anlässlich eines Kontrollbesuchs seinerseits auf einem Feldweg: Ich auf meinem Rad, er in seinem Mercedes. Diesem entstieg er und begann auch sofort mich anzublaffen, wo in aller Welt ich mich denn herumtriebe. Er habe gerade eine Gruppe besucht, die überhaupt nicht mehr weiterwüsste. Hätte er sich mit seinem Rüffel nur ein wenig Zeit gelassen, hätte ich vielleicht gelassener reagiert, so aber schoss mir das Adrenalin des zu unrecht Bescholtenen derart unkontrolliert in den Kopf, dass ich zurückblaffte, wenn er bereit sei Rad und Mercedes zu tauschen, dann würde es mir auch möglich sein, häufiger bei den Arbeitsgruppen präsent zu sein.

So etwas hatte er offensichtlich noch nie erlebt. Er lächelte beinahe anerkennend, sagte »Dann machen'S mal weiter so« und verschwand mit seinem schwarzen Nobelgefährt. Über die Einschätzung des Prädikats »anerkennend« war ich mir damals natürlich alles andere als im klaren. Dass er sich mich aufgrund meiner frechen Bemerkung eingeprägt, mir aber diese keineswegs übelgenommen hatte, durfte ich bei zwei Prüfungserlebnissen erfahren. Bei einem Mitarbeiter von ihm mussten wir die mündliche Prüfung in Katastervermessung ablegen. Prompt wurde ich nach der Formel für Flächenteilung gefragt, die ich bewusst nicht gelernt hatte. Wenn ich die bräuchte, so argumentierte ich, so würde ich diese nachschlagen. Ich sähe keinen Grund, so etwas auswendig zu lernen. Just in diesem Moment war – unbemerkt von mir – Professor Kneissl eingetreten. »Und – wissen'S denn, wo Sie nachschlagen müssten?« kam es aus dem Hintergrund. »Wenn mich nicht alles täuscht, steht sie auf Seite 248 in Ihrem Buch« gab ich zurück. »Na sehen'S, der weiß doch alles«! Sprach's in Richtung seines Mitarbeiters, nickte mir kurz zu und verließ den Raum. Die Abschlussprüfung in Landesvermessung beendete ich sogar in Rekordzeit – und mit 1,0! Dieses mal prüfte er selber. Er saß – sonderlich groß war er nicht – ziemlich zusammengesunken in seinem riesigen Sessel hinter seinem riesigen Schreibtisch. Als er mich sah, meinte ich den Anflug eines kurzen amüsierten Lächelns über sein Gesicht huschen zu sehen. Dann aber richtete er sich – ganz strenger Prüfer – in seinem Sessel auf und stellte mir die erste Frage: Was ich denn über das Erdellipsoid wisse. Ich breitete bereitwillig mein Wissen aus, dass es da mehrere Bestimmungen von Bessel, Hayford und Krassovsky gegeben habe, jeder mit einem etwas anderen Ergebnis, dass in Deutschland das Bessel-Ellipsoid als Grundlage für geodätische Berechnungen diene … Und dann muss ich irgendeine lustige, für ihn aber urkomische Bemerkung gemacht haben, an die ich mich allerdings nicht mehr erinnere. Er kugelte sich jedenfalls förmlich in seinem Sesselbett und als er endlich wieder Luft bekam, winkte er beinahe hilflos und rief »Gehen'S zu, Gehen'S zu!« Meine vor der Tür wartenden Kommilitonen waren verständlicherweise leicht irritiert, als ich nach drei Minuten schon wieder auf dem Gang erschien.

Ja, und dann verdiente ich mir also bei der Vorhangstangenfirma meinen Führerschein. Im Prinzip bestand meine Aufgabe darin, zwei Holzlatten an ihrer Stirnseite rechtwinklig mit Hilfe von Rechtwinkeleisen und Schrauben aneinander zu befestigen. Und selbst diese banal erscheinende Tätigkeit hatte ihre lehrreichen Seiten: Selbstverständlich ließ man mich dabei nicht allein, sondern gab mich in die Obhut eines professionellen Vorhangstangenzusammenschraubers. Der war anfangs alles andere als gesprächig, wies mir meinen Arbeitsplatz zu und kümmerte sich dann nicht mehr um mich. Ungefähr eine halbe Stunde hatte ich mich bereits abgemüht, die Schrauben möglichst senkrecht mit dem Schraubenzieher zu versenken – so etwas wie einen Elektroschrauber gab es damals noch nicht – da musste er sich meiner erinnert und meine

Bemühungen beiläufig registriert haben. Jedenfalls traf mich sein Schrei ziemlich unverhofft: »Ja was machst denn da, bist denn du wahnsinnig, Akademiker, damischer« belferte er mich an, nahm mir den Schraubenzieher aus der Hand, schlug zur Demonstration drei Schrauben mit präziser Treffsicherheit mit dem Hammer ein, überließ mir sein Schlagwerkzeug und begab sich wieder vor sich hinbrummelnd an seinen Arbeitsplatz. Wie kann man auch auf die Idee kommen, eine Schraube mit dem Schraubenzieher zu versenken!

Den Führerschein schaffte ich auf Anhieb. Allerdings hatte ich vorerst keine Möglichkeit ihn auch zu nutzen, denn meine Eltern waren autofreie Eltern. Die Schwester überließ mir einmal vermutlich mit bangem Herzen – aber ohne es sich anmerken zu lassen – ihren Goggo. Aber das stellte neben den Fahrstunden meine ganze Fahrpraxis dar, als mir ein Freund einen interessanten Nebenjob offerierte: Er fahre gerade Call-Car, sagte er, und die würden noch Fahrer suchen. Meine Bedenken wegen der mangelnden Erfahrung wischte er mit der Bemerkung »Wenn du zweimal 12 Stunden hintereinander gefahren bist, dann kannst es wenigstens!« beiseite. »Musst halt am Anfang ein bisserl vorsichtig fahren« fügte er dann doch noch an.

Und recht hatte er. Nach drei heil überstandenen Nächten – man hatte mich für die Nachtschicht verpflichtet – konnte ich wahrlich autofahren! Seither bin ich der Auffassung, dass die stundenweise Fahrausbildung nur für das Bankkonto der Fahrschulen ein gutes Rezept ist.

Vielleicht fragen Sie sich entsetzt, ob es denn zum Taxifahren keiner gesonderten Fahrerlaubnis bedürfe. Um Sie zu beruhigen: Es bedarf. Aber ich fuhr ja nicht Taxi sondern Call-Car. In dieser Zeit buhlten drei verschiedene Kategorien um die Gunst der Fahrgäste – und bekriegten sich zum Teil vehement: Taxis, Call-Cars und Minicars. Letztere bestanden aus einer Flotte von rotlackierten Renault R4 und waren entsprechend günstig. Wenn man sich einen Call-Car rief, so konnte man durchaus davon ausgehen, dass man taxi-adäquat mit Mercedes-, Opel- oder Ford-Modellen chauffiert wurde. Der Unterschied bestand im **rufen**! Zwar konnten Sie sich ein Taxi auch per Telefonanruf an einen gewünschten Abholungsort beordern, den Call-Car aber **musste** man rufen. Das heißt, der Fahrgast rief die Zentrale, die dann dem nächst Positionierten per Funk den Auftrag erteilte. Oder anders ausgedrückt: Ich hätte niemanden von der Straße aufklauben dürfen und wenn er noch so händeringend nach einer Transportmöglichkeit verlangt hätte. Und aus dieser Rechtslage entwickelten die Taxifahrer ihre Kriegsstrategie: Sie beschäftigten eine Kompanie von Lockvögeln, die nichts anderes zu tun hatten, als unschuldige Call-Car-Fahrer in Versuchung zu führen!

Weder fiel ich bei meinen nächtlichen Fahrten auf einen Lockvogel herein noch einem Raubüberfall zum Opfer. Aber spannend war es ohne Zweifel. Und unterhaltsam. Da gab es die unverkennbaren Gemütsverfassungen gelungener oder misslungener Rendezvous, was nicht zuletzt am Trinkgeld abzulesen war, man kutschierte die dummen Aufgetakelten, die sich zu gut waren für ein paar Worte mit einem Taxifahrer und die unauffällig gekleideten vornehmen Herrschaften, die gerne ein Gespräch mit einem offensichtlichen Nicht-Taxifahrer führten, man erfuhr menschliches Leid und wurde mit menschlicher Lust in Form homosexueller Angebote konfrontiert. Aber ich hatte nie wirklich ein Problem mit meinen Passagieren. Eher umgekehrt!

Ich hatte gerade erst wenige Minuten zuvor meine Position »Alter Botanischer Garten« durchgegeben, als ich zum Hauptbahnhof beordert wurde. Dort erwartete mich eine freundliche ältere Dame, die höflich bat, nach Daglfing befördert zu werden.

Es ist ein seltsames Phänomen, das ich an mir selbst auch noch im späteren Berufsleben beobachtet habe: Wenn man wirklich firm ist auf einem Gebiet, so gibt man mit großer Gelassenheit zu, dass man in diesem und jenem Punkt momentan überfragt ist und erst entsprechend überlegen oder recherchieren muss. Fühlt man sich aber in der fraglichen Angelegenheit eher inkompetent, so möchte man keineswegs den Eindruck entstehen lassen, dass man inkompetent ist.

Ich hatte jedenfalls nur eine sehr vage Vorstellung, wo ich den Stadtteil Daglfing zu suchen hätte. Um ehrlich zu sein, ich war noch nie in Daglfing gewesen und wusste lediglich soviel, dass ich nicht nach Süden und nicht nach Westen fahren durfte. Aber anstatt meine Unkenntnis zuzugeben und einfach den Stadtplan zu Rate zu ziehen, fuhr ich aufs Geradewohl los. Ich weiß, es klingt unglaubwürdig, was da in einem Couplet von Fredl Fesl besungen wird, aber genau das ist mir passiert: Als ich plötzlich mit Entsetzen den Hauptbahnhof wieder vor mir auftauchen sah, wusste ich, dass ich mich um die Wahrheit nicht länger drücken konnte. Ich gestand der alten Dame, dass ich keine Ahnung hätte, wo Daglfing zu finden sei, mich aber in der glücklichen Lage befände, einen Stadtplan mit mir zu führen und dass sie unbesorgt sein solle und ich sie jedenfalls noch in dieser Nacht an ihrer Haustüre wohlbehalten abliefern würde. Während dieser kühnen Rede lief mir aber der Schweiß in Strömen nicht nur von der Stirn. Ich war patschnass!

Der aufgekratzte Bericht, den mir meine Begleiterin, bis dahin von ihren herzallerliebsten Enkeln gegeben hatte, war abrupt versiegt und ich merkte wohl, dass ihr Gesichtsausdruck von Freundlichkeit zu schierer Angst gewechselt hatte. Wenigstens konnte ich ihr glaubhaft den Eindruck vermitteln, dass ich wenigstens Stadtpläne zu lesen verstand. Ob ich zur Festigung ihres Glaubens beiläufig einfließen ließ, dass ich Vermessung studiere – den Ausdruck Geodäsie hätte ich sicherlich vermieden, um sie nicht noch weiter zu verunsichern – weiß ich nicht mehr mit Bestimmtheit. Ich weiß aber noch sehr genau, dass mein Taxameter den Preis für 43 km anzeigte, als ich endlich vor ihrem Haus stand. Natürlich entschuldigte ich mich und fragte sie, ob wir uns auf die Hälfte einigen könnten. »Junger Mann«, entgegnete sie mir nun wieder ganz Liebenswürdigkeit, »Sie können sich gar nicht vorstellen, wie erleichtert ich bin – da nehmen Sie nur« und sie drückte mir den vollen Betrag aufgestockt um ein fürstliches Trinkgeld in die Hand.

Platzreservierung

Nun gab es ihn also tatsächlich. Mit Satzung und durch das Finanzamt bescheinigter Gemeinnützigkeit. Unser Dorf hatte neben Sport-, Gesangs-, Feuerwehr- und was es sonst so alles gibt -Verein auch einen Kulturverein! Allerdings nannte er sich nicht Verein sondern Kreis. Also Kulturkreis E. – kurz KKE.

Schuld daran war vor allem das Flachdach unserer Turnhalle. Wie – soweit mir bekannt – alle Flachdächer, hielt es nur einer begrenzten Anzahl von Jahren stand. Nach den ersten Anzeichen von Feuchtigkeit begann man – wie wohl überall – zunächst einmal auszubessern, abzudichten, zu flicken, bis sich die bittere Wahrheit nicht mehr verleugnen ließ: Die Turnhalle musste generalsaniert werden. Nachdem so etwas mit nicht geringen Kosten verbunden ist, schob man die Erkenntnis lange genug vor sich her. Als sie aber endlich in die Mehrheit der Gemeinderatsköpfe eingesickert war, gab es einen Gemeinderatsbeschluss. Dem mit der Planung betrauten Ingenieurbüro wurden neben der Vorgabe, der Turnhalle ein wasserdichtes Dach zu verpassen, auch noch ein paar Wünsche hinsichtlich der Ausgestaltung der Halle mit auf den Weg gegeben. Denn diese sollte nicht nur sportlichen Zwecken dienen, sondern auch für gemeindliche Veranstaltungen wie Faschingsball und Weihnachtsfeier geeignet sein – und für kulturelle Darbietungen. Dafür wiederum brauchte man jemanden, der sich um die Kultur kümmerte.

Nachdem man um meine schauspielerischen Ausflüge wusste, war mir schon die Ehre zuteil geworden, bei der Einweihung die üblichen – eher steifen – Grußwort-Reden ein bisschen aufzulockern. Und für die kurz darauf durchgeführte Benefizveranstaltung durfte ich ebenso einen Beitrag leisten. So war es nicht verwunderlich, dass mich eines Tages der 2.

Bürgermeister mit seiner Kulturkreis-Idee bearbeitete. Ich ließ zwar noch einmal ein knappes Jahr an mir vorüber ziehen, aber dann biss ich in den sauren Vereinsapfel. Und nun gab es ihn also den KKE und ich hatte wieder einmal einen Posten! Und dass der nervenzehrender werden würde als alles bisherige, wurde schon bei der ersten Sitzung deutlich. Nachdem so wahnsinnig wichtige Fragen wie Briefkopf und Logo nach mehreren Anläufen geklärt waren, konnten wir uns an die Ausrichtung unserer ersten Veranstaltung machen. Eine aus dem Dorf stammende Sängerin wollte zusammen mit ihrer Lehrerin und einer Pianistin einen Operettenabend gestalten, der Vater der Sängerin kümmerte sich um den größten Teil der Organisation, so dass sich meine Aufgabe weitgehend darauf beschränkte, da und dort einmal eine Unterschrift zu leisten und mir ein paar passende Einleitungs-Worte zu überlegen. Letzteres war insofern nicht ganz unproblematisch, als wir sehr im Unklaren darüber waren, ob sich der Andrang auf die ersten beiden Stuhlreihen beschränken würde oder wir ggf. noch über die gestellten 10 Reihen nachrüsten müssten. Der Vorverkauf ließ zumindest hoffen, dass wir nicht ganz unter uns sein würden, aber erst die Abendkasse würde über Erfolg oder Misserfolg entscheiden.

Mein fleißiger Organisator hatte auch die Eintrittskarten selbst am Computer produziert und diese – um die Abrechnung zu erleichtern – nummeriert. Außerdem waren die ermäßigten Karten farblich von den regulären unterschieden. Ich hatte zwei Kassen besetzt, an der Bar im Foyer standen festlich gekleidete Helferinnen bereit, um denjenigen, die sich vor der Vorstellung noch stärken zu müssen glaubten, ein Glas Sekt oder einen Schoppen zu kredenzen. Nachdem sie bis kurz vor Beginn mit ihren Aufgaben beschäftigt sein würde, hatte sich die Helferschar eine ausreichende Anzahl von Sitzen im Randbereich der 5. Reihe reserviert, indem ein Zettel mit der Aufschrift »Personal« auf die Sitzflächen drapiert worden war.

Der Andrang sprengte alle Erwartungen, einen schöneren Einstieg in das nunmehr vereinsgesteuerte kulturelle Leben unseres Dorfes konnte man sich gar nicht vorstellen. Das Publikum hatte sich weitestgehend wirklich vornehm herausgeputzt – selbst ich trug einen Anzug und hatte meinen Hals mit einer Krawatte eingeschnürt – die Künstlerinnen passten sich in ihrer Garderobe den vorgetragenen Operettenarien an, sie standen nicht nur auf dem Podest und ließen ihre schönen Stimmen erklingen, sondern sie spielten die Melodien, machten den ganzen Saal zur Bühne.

Lediglich mit meinen fleißigen HelferInnen schien etwas nicht ganz in Ordnung zu sein. Das hatte ich vage wahrgenommen, während ich mich ans Podium begeben hatte, um die einleitenden Worte zu sprechen. Offensichtlich hatte man ihnen ihre reservierten Plätze unrechtmäßig genommen. Gegen die Missachtung einer eindeutig gekennzeichneten Belegung bin ich allergisch und so wollte ich mich in der Pause eigentlich erkundigen, ob meine Beobachtung richtig gewesen sei und ich ggf. einschreiten solle. Aber der Ansturm auf die Bar war so vehement, dass wir alle Hände voll zu tun hatten und die Sache mit den geraubten Plätzen völlig in den Hintergrund geriet.

Als wir zu später Stunde einigermaßen mitgenommen aber auch froh über den guten Verlauf auf unseren Erfolg anstießen, hörte ich dann die beinahe unglaubliche Erklärung: Die drei Herren, welche die Reservierungszettel einfach beiseite geschoben hatten, fühlten sich völlig im Recht. Sie hätten auf ihren Eintrittskarten die Nummern 96, 97 und 98 und das seien diese Stühle – zur Kontrolle hätten sie unabhängig von einander zweimal abgezählt!

Da erinnert man sich unwillkürlich des »Quod erat demonstrandum« aus der schulischen Mathematikstunde.

Ehrfurcht

Als Professor einer Fachhochschule oder Universität hat man die Möglichkeit, eine Nebentätigkeit auszuüben. Sie muss vom zuständigen Ministerium genehmigt sein und darf eine bestimmte Stundenzahl pro Woche nicht überschreiten. Manch Außenstehender mag das mit einem unverhohlenen Unverständnis beargwöhnen: Verdienen die denn nicht genug, dass sie noch nebenbei raffen müssen? Haben die denn so wenig zu tun, dass sie für Nebenjobs überhaupt Zeit haben? Solche Argumentationen sind aus einer oberflächlichen Betrachtungsweise heraus durchaus verständlich. Und auch mir platzt der Kragen, wenn der Chef einer HNO-Klinik sich eine zusätzliche goldene Nase verdient, obwohl ihm der Steuerzahler die Räumlichkeiten, die Apparaturen und die Mitarbeiter zur Verfügung gestellt hat. Aber nicht genug damit: Obwohl der Herr Professor nicht einmal anwesend sondern vermutlich auf einer Tagung in Stockholm war und mir nur der medizinische Lehrbub in die Nase geschaut hat, bekomme ich die Rechnung vom Professor und zwar mit einem Faktor 3.5, weil die Behandlung besonders schwierig gewesen sei. Das ist schlichter Betrug und müsste eigentlich strafrechtlich verfolgt werden. Und bedauerlicherweise soll das ja keine Ausnahme sein. Wenn man aber seine Krankenkasse davon in Kenntnis setzt und nicht nur einen empörten Aufschrei sondern auch entsprechende Schritte erwartet, so muss man lernen, dass der Krankenversicherung das seltsamerweise völlig egal ist.

Wenn wir aber einmal solche unseriösen Praktiken außer Acht lassen, so macht die Nebentätigkeit im eigenen Berufsfeld durchaus Sinn. Sehen wir den Professor in erster Linie als Lehrer – was bei den Fachhochschulprofessoren zutreffend ist – so ist es zweifellos wünschenswert, wenn der Bezug zur

Praxis mit den Jahren nicht verloren geht. Das sieht auch das Kultusministerium – oder wie immer es sich gerade nennen mag – so und fördert diesen Praxisbezug durch die Möglichkeit von sogenannten Freisemestern, in denen der Dozent beispielsweise in einem Betrieb, in einem Ingenieurbüro oder an einem Forschungsprojekt mitwirkt. Und was die Bereitstellung von Räumlichkeiten, Apparaturen oder Instrumenten betrifft, so muss ein prozentual festgelegter Betrag der damit erzielten Einnahmen an den Staat abgeführt werden.

Das »Nebenbei-Tätigsein« kann allerdings auch eine Dimension annehmen, die dann schon wieder mit einigem Bedenken gesehen werden muss: Da betreibt der Juraprofessor nebenbei eine Rechtsanwaltskanzlei oder der Informatik-, Ingenieur- oder Architekturprofessor ein entsprechendes Büro. Hier die Einhaltung der genehmigten Stunden pro Woche zu kontrollieren ist natürlich kaum möglich. Das Kriterium müsste in diesem Falle sein, inwieweit der Betreffende seiner eigentlichen Tätigkeit als Professor wirklich nachkommt, was allerdings kaum einfacher zu beurteilen ist.

Ein Kollege von mir hatte auf der Ein-Mann-Basis ein Ingenieurbüro angemeldet. Das gab ihm nicht nur die Möglichkeit, sich so einer potenziellen Kundschaft anbieten zu können, sondern es eröffnen sich daraus natürlich eine Reihe von steuerlichen Vorteilen. Das geht beim Auto los und hört beim »Geschäftsessen« auf. Als Vermesser – und sei man ein noch so herausragender – war man zumindest zu der Zeit, in der diese Geschichte spielt, allerdings in der Regel auf mindestens einen – je nach Aufgabe auch mehrere – Mitarbeiter angewiesen, um die Nivellierlatte oder den Reflektor für die Entfernungsmessung zu halten, um Stative auf entfernten Punkten aufzustellen oder Zieltafeln auszurichten. Der Hinweis auf die Zeit der Geschichte kommt nicht von ungefähr. Denn heute hat sich die Technik derart weiterentwickelt, dass man einen Großteil von Aufgabenstellungen tatsächlich allein bewältigen kann. Da gibt es die »selbstsuchende und registrierende Totalstation«, die auf einem geeigneten Standort aufgestellt wird und der bearbeitende Ingenieur wandert mit dem Reflektorstab die Punkte ab, die es aufzunehmen gilt und kommuniziert per Funk mit seinem »intelligenten« Instrumentarium. Oder er macht sich gleich die Satellitentechnik zunutze. Inzwischen weiß ja jeder Autofahrer, was unter GPS zu verstehen ist. Möglicherweise hat er aber auch gehört, dass die Genauigkeit dieser Geräte auf einige Meter beschränkt ist. Der mit einem GPS-Empfänger durchs Gebirge streifende Bergsteiger muss sich sogar auf 100m-Unsicherheiten gefasst machen, da die amerikanischen Betreiber je nach militärischer Einschätzung ihre sehr viel besseren Ergebnisse künstlich verfälschen können. Wie kann man unter diesen Gegebenheiten dann Vermessung betreiben, wo auf jeden Fall Zentimetergenauigkeiten angestrebt werden?

Da wenden die schlauen Vermesser folgenden Trick an: Sie betreiben keine Absolutmessungen, die ihnen über die Satellitensignale und -daten Punktkoordinaten in einem bestimmten System liefern, sondern sie vollführen Relativmessungen. Das heißt, man positioniert sich über einem Punkt, dessen Koordinaten bereits im gewünschten System bekannt sind und vergleicht sie mit den über die aktuelle Messung gewonnenen. Mit der so erhaltenen Differenz können nun sämtliche weiteren aufgemessenen Punkte verbessert werden unabhängig davon, welche Manipulationen sich die Amerikaner haben einfallen lassen.

Persönlich habe ich mich nie direkt bemüht, irgendwelche Nebenjobs zu ergattern. Wenn aber eine entsprechende Anfrage an mich gestellt wurde, so habe ich das immer sehr gern wahrgenommen. In aller Regel waren das ja dann keine alltäglichen Wald- und Wiesenvermessungen sondern komplizierte Aufgabenstellungen, die ein normales Ingenieurbüro gar nicht bewältigen konnte, weil es entweder nicht über das adäquate Instrumentarium oder das nötige Know-how verfügte. Da galt es z.B. die Unterpressung eines schief stehenden Kirchturms zu überwachen, das Festnetz für einen extrem tiefen Einschnitt an einer Neubaustrecke der Bahn mit Millimetergenauigkeit einzumessen oder die Geradlinigkeit der Seilführung von Skiliften und Materialseilbahnen zu kontrollieren. Oder es wurde ein neutraler Experte für ein Gutachten bei vermuteten Deformationen an Bauwerken oder im Falle von Streitigkeiten gebraucht. Das waren teilweise hochinteressante Fragestellungen und man wurde mit Projekten konfrontiert, mit denen man ansonsten nie etwas zu tun gehabt hätte. Und mit Vorgehensweisen, dass man es nicht glauben konnte und die einem die Haare zu Berge stehen ließen.

Besonders in Erinnerung ist mir ein Gutachten, das ich im Zusammenhang mit der Errichtung eines Kompostwerkes abzugeben hatte. Als Laie hätte ich mir vorgestellt, dass man dazu eigentlich nur ausreichenden geeigneten Platz braucht, auf dem man pflanzliches Material zur Verrottung lagern kann und einen entsprechenden Maschinenpark zum Auf- und Umschichten. Die Realität versetzte mich dann doch in Staunen. Das ganze war ein höchst komplizierter Komplex mit gravierenden geometrischen Bedingungen: In einer Halle von beträchtlichen Ausmaßen waren rechts und links eines Mittelganges von 25 m Breite je 15 »Rottungstunnel« von 30 m Länge und 4 m Breite angeordnet. In der Mitte des Mittelgangs war eine Schiene eingelassen, auf der eine Maschine geführt wurde, mit welcher die Beschickung und Leerung der Tunnel bewerkstelligt wurde. In 3 m Höhe befanden sich an den Tunnelwänden betonierte Konsolen, auf denen die

Beschickungsmaschine mit Teleskoparmen aufsetzte. Somit ergaben sich eine ganze Reihe von Forderungen an die bauliche Ausführung: Die Schiene musste geradlinig verlaufen, die Tunnelwände mussten orthogonal zur Schienenrichtung verlaufen und – was sich damit impliziert – parallel stehen, sie mussten den Planungsabstand von 4 m erfüllen und senkrecht sein. Und schließlich mussten die Konsolen horizontal in der angegebenen Höhe verlaufen.

Beim ersten Testlauf blieb die Maschine im ersten Tunnel stecken. Die Betreiber waren darüber, wie man mir anvertraute, nicht sonderlich erstaunt. Hatten sie doch feststellen müssen, dass die Baufirma ohne die Unterstützung eines versierten Vermessers einfach so drauflos baute. Den ersten Fehler entdeckte ich allerdings in der Ausschreibung des Architekturbüros: Dort wurden all die oben genannten Bedingungen mit dem Wörtchen »absolut« verziert, also absolut geradlinig, absolut orthogonal, absolut senkrecht usw., was natürlich völliger Unsinn weil nicht erreichbar ist. Vielmehr hätten unter der Maßgabe der Genauigkeitsanforderungen des Maschinenherstellers eindeutige Toleranzen vorgegeben werden müssen, frei gewählt oder in Anlehnung an die für Bauleistungen existierende DIN. Darüberhinaus hätte die Bauleitung einschreiten müssen, sobald registriert wurde, dass die Baufirma offensichtlich von der Aufgabe völlig überfordert war.

Mir brachte es jedenfalls eine interessante Arbeit und einen nicht unerheblichen Erfahrungsschub – und die Finanzierung des nächsten Urlaubs.

Der Kollege mit seinem Ein-Mann-Büro rekrutierte seine Helfermannschaft normalerweise aus der Studentenschaft. Wenn er ein besonders diffiziles Problem zu lösen hatte, wo nicht nur Latten- oder Reflektorhalten angesagt war, konnte es aber passieren, dass er auf mich zurück kam.

Die Firma, für die er häufig tätig war, hatte das Ablager-becken für die Brennstäbe im Kernkraftwerk Ohu installiert. Dieses Becken machte den Eindruck einer überdimensionalen Nirosta-Wanne mit den ungefähren Maßen 10x10 m Grund-riss und einer Tiefe von etwa 3 m. Die Besonderheit: Der Wannenboden bestand aus einem Gitterwerk von knapp 300 ca. 10 cm hohen zylindrischen Gebilden, die am Zylinderkopf mit einer Halbkugel abschlossen. Auf diesen »Kerzen« – so wurde uns erklärt – würden die Brennstäbe abgelagert und um ein Durchbrechen zu verhindern, sei es erforderlich, dass die Gesamtheit der Kerzenköpfe eine – natürlich möglichst horizontale – Ebene bildeten. Unsere Aufgabe bestand also darin, die relative Höhe dieser Köpfe »möglichst genau« zu bestimmen. Dieses »möglichst genau« ist für uns Vermesser ein ähnlich rotes Tuch wie das Wörtchen »absolut«. Ich habe meinen Studenten immer gepredigt, dass sie sich auf eine solche Formulierung niemals einlassen sollten, sondern eine konkrete Zahl 1 cm, 1 mm, … einfordern sollten. Darauf lassen sich die Auftraggeber in der Regel nur ungern ein, weil ihnen das ja abverlangen würde, dass sie sich ernsthaft Gedanken machen müssten, was denn wirklich erforderlich ist. Erst wenn man ihnen klar macht, dass jeder Nuller, den sie am metrischen Wert reduzieren, am Rechnungsbetrag hinten wieder auftau-chen würde, bequemen sie sich zu detaillierteren Aussagen.

Wir konnten »möglichst genau« in wenige 1/100 mm über-setzen – und das wollte man dann auch haben. Uns stand ein Gerät zur Verfügung, das noch mit der ursprünglichsten Methode der Verifizierung einer horizontalen Visur arbeitete, nämlich durch das Einspielen einer Libelle – eine zwar etwas zeitaufwendige Angelegenheit, aber ich hatte mit diesem In-strument schon hervorragende Ergebnisse erzielt. Wir führten eine Doppelmessung von zwei unabhängigen Standpunkten aus durch, was nicht nur eine Kontrolle darstellte, sondern zusätzlich die Möglichkeit eröffnete, einen restlichen Instrumentalfehler herauszurechnen und zu berücksichtigen.

Ehe man uns in das Kernkraft-Heiligtum an den Ort unserer Tätigkeit ließ, mussten wir allerdings strenge Sicherheitsprüfungen durchlaufen. Nachdem wir endlich hatten glaubhaft darlegen können, dass wir kein terroristisches Gedankengut in unseren Köpfen und keine Sprengladungen in unsren Instrumentenkästen einschleusen würden, bekamen wir jeder ein Namensschild ausgehändigt, auf dem auch der Dr.-Titel ausgewiesen war. Außerdem bekamen wir einen Gehilfen zur freien Verfügung zur Seite gestellt. Kurz vor Beendigung der ersten Messreihe kam jemand von der Verwaltung vorbei und übergab uns Essensmarken für die Kantine. Dabei wurde uns dann auch die volle Kriegsbemalung zuteil: »Für Sie, Herr Prof. Dr. ...«. Unser Gehilfe war nun sichtlich beeindruckt. Während wir dann gemeinsam beim Essen saßen, meinte er treuherzig-ehrfürchtig »Doktor san'S, Professor san'S, da hätten'S wahrscheinlich an Diplomingenieur aa no leicht machen können«.

Als ich ihm sagte, dass ich das ja sowieso sei, hätte er sich beinahe verschluckt.

Mörder ohne Mord[1]

Sie stand am Rande der Autobahn und winkte. Es war weder das Winken einer versierten Anhalterin noch das hektisch-hysterische Gewedel einer Hilfesuchenden. Ich hatte eher den Eindruck, dass ihr kalt war. Das konnte auch nicht weiter verwundern: Es war noch nicht einmal 5 Uhr an einem dieser Morgen im frühen März, wo nach einer kalten, sternenklaren Nacht die Nebelnester über den Wiesen wachsen und mit ihren Schleierarmen über die Straße tasten – objektiv betrachtet ein faszinierendes, gespenstisches Schauspiel und schlicht und einfach unangenehm aus der subjektiven Sicht des Autofahrers. Aus diesem Grund hatte ich sie auch sehr spät und nur sehr flüchtig registriert und ich benötigte noch gut 100 Meter, bis ich meinen Wagen zum Stehen gebracht hatte. Vorsichtig stieß ich auf dem Seitenstreifen zurück.

Als ich ausstieg, bestätigte sich mein Eindruck: Sie kam nicht erlöst herbeigerannt, sondern bewegte sich eher zögernd und abwartend. Vor mir stand eine Frau, der man auch im diffusen Rot der Rücklichter ansah, dass sie aus besseren Kreisen stammte und dies nicht nur, weil sich der Wagen hinter ihr als Porsche entpuppte.

Es war keiner dieser panzerähnlichen Versionen mit den dicken Kotflügelhintern, sondern einer, der noch wie ein Porsche aussieht.

»Würden Sie mich bitte mitnehmen?«

*) Diese Geschichte erschien – angestachelt durch eine entsprechende Aufforderung – vor langer Zeit einmal als „Leser-Krimi des Monats" bei Ullstein und hat mir mein erstes literarisches Honorar eingebracht

»Natürlich, gerne, aber was ist denn mit Ihrem Wägelchen. Mag er nicht mehr?«

Sie stand jetzt bereits an meiner Beifahrertüre. »Ich glaube, er hat kein Benzin mehr.«

Sie fragte nicht nach, ob ich zufällig einen Reservekanister dabei hätte – ich hatte übrigens auch keinen – oder ob ich sie nicht zur nächsten Raststätte schleppen könnte. Da es wirklich kalt war, ließ ich sie erst einmal einsteigen.

Im Licht der Deckenbeleuchtung konnte ich Einzelheiten erkennen, ein feines, intelligentes, wenn auch etwas müdes Gesicht, dunkles kurzes Haar, das auf raffinierte Weise zerzaust und zugleich gepflegt wirkte, schlanke Figur. Sie trug einen schlichten, aber trotzdem elegant wirkenden dunklen Mantel ohne Schal mit einem unauffälligen Pelzbesatz. Ich wollte gerade fragen, ob ich sie denn nicht abschleppen solle, als ich merkte, dass sie offensichtlich ziemlich getrunken hatte.

»Wir müssen wenigstens noch ein Warndreieck aufstellen.«

Sie griff in die Manteltasche und gab mir den Schlüssel.

»Ja, natürlich. Es muss wohl im Kofferraum sein.« Ich fand es, stellte es in entsprechender Entfernung auf, prüfte noch einmal, ob alles abgesperrt war und nahm ihre Handtasche heraus, die auf dem Beifahrersitz lag.

Was ich nun mit ihr machen sollte, war mir noch nicht so recht klar. Ich startete und fuhr zunächst einmal los.

Ich wollte zum Skifahren und unsere Begegnung fand kurz nach der Raststätte Steigerwald auf der Nürnberger Autobahn statt. »Wo wollen Sie denn hin?« wollte ich gerade fragen, als sie mir mit der Frage zuvor kam. »Ich fahre ins Gebirge, Richtung Innsbruck.«

»Könnten Sie mich bis Seefeld mitnehmen?«

»Gern, wenn Sie keine Angst haben, Ihr Nobelgefährt hier einfach stehen zu lassen.«

Sie gab keine Antwort. Den Versuch, eine Unterhaltung

zu führen, gab ich bald auf, weil deutlich wurde, dass sie nur ungern darauf ein ging. Und außerdem ist mein alter Renault bei 130 Km/h nicht gerade von der leisen Sorte.

Bei Nürnberg schlief sie bereits fest, wenn auch unruhig. In München schreckte sie auf, betrachtete mich etwas verwirrt, sagte aber nichts. Dann schloss sie wieder die Augen und auf der Garmischer Autobahn schlief sie wieder ein. Sie schlief auch noch an der Grenze und ich hoffte nur, dass sie ihren Pass dabei haben möge. Ich fand ihn in ihrer Handtasche.

Susanne Vermeer, geb. 8.3.1964. Sie hatte gestern Geburtstag gehabt. Außerdem fand ich zwei Briefe, von denen einer eine Seefelder Adresse trug.

Nach einigem Fragen landete ich schließlich vor einem schmucken Chalet. Meine Notbekanntschaft lag immer noch zusammengesunken in tiefem Schlaf.

Das Gartentor war verschlossen und auch sonst gab es kein Anzeichen dafür, dass jemand im Haus war. Sicherheitshalber versuchte ich es trotzdem an der Klingel. Als keine Reaktion erfolgte, holte ich den Schlüssel aus der Handtasche und ging in das Haus. Die Tür zu einer geschmackvoll eingerichteten Bauernstube am Ende der Eingangsdiele stand halboffen, rechter hand lag die Küche, links neben der Bauernstube führte eine Tür in eine Art Fernsehzimmer mit offenem Kamin, einer überdimensionalen Flegelcouch und mehreren Kissensesseln.

Ich ging zurück zum Auto und öffnete vorsichtig die Beifahrertüre. Sie zeigte keine Reaktion, auch nicht, als ich den Sicherheitsgurt löste und sie leicht an der Schulter rüttelte. So nahm ich sie, wie ich das oft mit meinen Kindern getan hatte, auf die Arme und trug sie in das Kaminzimmer.

Jetzt wollte ich sie auch nicht mehr aufwecken. Daher legte ich sie, wie sie war, auf die Couch, streifte ihr nur die Schuhe ab und deckte sie mit einer Schafwolldecke, die auf der Kaminbank lag, bis zur Taille zu.

Ich weiß nicht, was letztlich den Ausschlag gab, war es die Erfüllung eines alten Wunschtraumes, einmal einen Porsche zu fahren oder das Wetter, das allen meteorologischen Prophezeiungen zum Trotz ziemlich trübe dreinschaute oder der Gedanke, diese Frau etwas näher kennen zu lernen, jedenfalls nahm ich nach einigem unschlüssigen Zögern die Autoschlüssel aus ihrer Manteltasche, schrieb auf ein altes Briefkuvert, dass ich unterwegs sei, um ihren Wagen zu holen und wünschte ihr noch, dass sie gut geschlafen haben möge. Dann fuhr ich zum Bahnhof Seefeld und erkundigte mich nach einer Zugverbindung Richtung München bzw. Nürnberg. Ich hatte Glück, es reichte gerade noch, um mir eine Brotzeit zu besorgen, dann saß ich bereits in einem menschenleeren Abteil.

Es war ein ziemlich abenteuerliches Unterfangen, an ein an der Autobahn geparktes Auto zu kommen. Natürlich hätte ich von Nürnberg aus ein Taxi nehmen können, aber das war mir das Porschevergnügen doch nicht wert. Also versuchte ich es per Anhalter und das funktionierte dank meines Reservekanisters, den ich inzwischen erstanden hatte, genau so gut wie Rock und langes blondes Haar.

Eigentlich wollte ich sie von unterwegs einmal anrufen, aber ich hatte dummerweise vergessen, mir die Telefonnummer zu notieren und die Information wollte ich von einer Telefonzelle aus nicht bemühen, weil ich nicht einmal etwas zu schreiben hatte.

Es war kurz vor 16 Uhr, als ich endlich bei »meinem« Porsche anlangte. Die metallic Lackierung war, was ich nachts nicht hatte erkennen können, ein beinahe ins Anthrazit gehendes Grün, unaufdringlich wie ihre Garderobe, ihre Frisur und die Einrichtung des Chalets, aber es stimmte immer alles zusammen.

Ich fütterte ihn mit meinem Mitbringsel aus dem Reservekanister, sammelte noch das Warndreieck ein und dann drehte ich den Zündschlüssel. Dabei hatte ich ein Gefühl wie damals, als mir nach bestandener Fahrprüfung meine Schwester mit tapferer Miene erstmals ihren Goggomobil überlassen hatte. Ein bisschen tippte ich im Leerlauf auf dem Gaspedal herum, dann fuhr ich an, etwas ruckartig verlief noch das Hochschalten in den 2. und 3. Gang, beim 4. war das Zusammenspiel von Kuppeln und Gasdosieren bereits angepasst. Die ersten Kilometer verhielt ich mich noch wie der Mittelklassefahrer, der ich war, aber dann ließ ich ihn schon einmal laufen.

An der Grenze suchte ich doch noch ihre Telefonnummer heraus und meldete, dass sie bald ihren kleinen Liebling in ihre Garage schließen könne. Allerdings sagte ich ihr nicht, dass ich bereits die Grenze passiert hatte, sondern tat so, als wäre ich erst in Garmisch. Als ich sie zehn Minuten später herausklingelte, war sie natürlich auf mich nicht gefasst – außerdem hatte sie mich von unserem nächtlichen Intermezzo her wohl nicht mehr recht in Erinnerung. Erst als ich wortlos und mit einer schwungvollen Verbeugung auf den vor dem Gartentor geparkten Porsche deutete, wich ihr verständnisloser Gesichtsausdruck zunächst skeptischem Erstaunen, dann gab sie mir mit einem dünnen Lächeln die Hand und bat mich ins Haus.

»Nachdem ich möglicherweise bei unserem ersten Rendezvous heute Nacht nicht den nachhaltigsten Eindruck hinterlassen habe, darf ich mich noch einmal vorstellen: Ich heiße Peter.«

»Ich hätte es tatsächlich nicht mehr gewusst, aber Sie haben auf dem Zettel, den Sie mir freundlicherweise hinterlassen haben, unterschrieben. Peter, ich weiß nicht so recht, was ich von Ihnen halten soll, Sie hätten früher anrufen sollen. – Und ich weiß noch viel weniger, was ich von mir selbst halten soll und wie es weitergehen soll und … – ich glaube, fürs erste sollte ich mich einmal bei Ihnen bedanken.« Dabei schaute sie alles andere als fröhlich drein.

»Also ich für meinen Teil weiß sehr präzise, wie es weitergehen soll, entweder Sie haben etwas Essbares im Hause oder wir gehen um die nächste Ecke in das nächstbeste Wirtshaus, weil ich sonst in den nächsten Minuten eines qualvollen Hungertodes sterbe.«

»Oh, Sie haben recht«, sie lachte sogar ein wenig, »halten wir uns an das Nächstliegende und wenn es Ihnen nichts ausmacht, möchte ich lieber nicht ausgehen. Setzen Sie sich in die Bauernstube, ich bringe gleich etwas. Nehmen Sie schon einmal zwei Bierkrüge vom Regal oder möchten sie lieber Wein?«

»Auf den Wein würde ich gerne später zurückkommen, wenn ich darf.«

Sie brachte eine Platte mit verschiedenen Schinken, eine mit Käse und herrlich duftendes Bauernbrot. Dazu gab es ein paar Bemerkungen, wie würzig das Brot sei, wie gut das Bier schmecke nach so einem Tag – doch jeder wollte dem anderen die Gesprächseröffnung überlassen.

»Susanne. Es hat hervorragend gemundet. Jetzt würde ich erstens gerne eine Pfeife rauchen, wenn ich darf« – sie schob mir einen Aschenbecher und Zündhölzer zu – »zweitens möchte ich klarstellen, dass ich zwar gerne heute Nacht hier bliebe, dass ich aber auch kommentarlos verschwinde, wenn Ihnen das nicht geheuer ist und drittens habe ich den Eindruck, dass Ihnen irgendetwas ganz erheblich auf der Leber liegt. So etwas vertraut man nicht unbedingt jemandem an, dem man gerade erst vor einigen Stunden begegnet ist, aber manchmal tut es doch gut, sich den Mist einfach von der Seele zu reden – es ist ein Angebot, keine Aufforderung.«

Sie studierte zunächst ihre Hände, dann blickte sie abrupt auf, sah mich gerade und prüfend an und sagte:« Wir haben ein Gästezimmer. Sie können selbstverständlich bleiben.«

Sie sagte das sehr ernst und ohne einen Anflug von Lächeln. Es bedeutete eine klare Absage an jeden Annäherungsversuch.

»Was haben Sie morgen vor? Wenn ich mich recht erinnere, wollten Sie zum Skifahren.« Das klang schon wieder etwas freundlicher.

»Ja, ich möchte im Brennergebiet zum Touren-Skilauf, mit dem Lifteln habe ich es nicht so.« »Gehen wir doch hinüber, wenn Sie wollen, können Sie den Kamin einheizen, ich hole uns einen Wein. Weiß oder rot?« »Rot«.

Bis sie den Wein brachte, hatte ich schon ein Feuer in Gang gebracht. »In ein Feuer kann ich länger schauen als in den Fernseher«, sagte ich.

»Könnten Sie nicht hier in der Nähe eine Tour machen und abends noch einmal vorbeikommen«, fragte sie unvermittelt. Ich lachte. »Hat Ihnen eigentlich schon einmal jemand gesagt, dass Sie besonders hübsch aussehen, wenn Sie das Leben so ernst nehmen, dass es aber dem Teint besser bekommt, wenn man etwas entspannter dreinschaut? Aber was Ihre Frage betrifft, ich werde morgen der Hohen Munde aufs Haupt steigen und mich abends mit dem größten Vergnügen wieder an Ihrem Schinken und dem liebreizenden Anblick laben. Und jetzt erzählen Sie mir endlich, was los ist oder vergessen Sie es bis morgen. Prost«.

Wir stießen an und sie küsste mich überraschend ganz leicht auf die Wange.

Die Hohe Munde hat einen herrlichen, steilen Südosthang, aber da braucht es einen richtigen Firn, beinhart in der Frühe für den Aufstieg und gegen Mittag wird die Oberfläche dann griffig bis sulzig. Da heißt es früh aufstehen und nachdem die letzte Nacht auch recht kurz bemessen war und meine schöne Gastgeberin nicht heraus wollte mit der Sprache, dauerte unsere ohnehin recht einsilbige Kaminplauderei nicht mehr sehr lange an.

Ich hatte mich kurz vor 6 Uhr aus dem Haus gestohlen, war mit dem Porsche – sie hatte mir die Schlüssel in die Hand gedrückt mit den Worten »ich brauch ihn nicht und Ihr Wagen steht doch noch am Bahnhof« – nach Hinterleutasch gefahren und hatte mich dann an den langen und steilen Aufstieg gemacht. Es war ein herrlicher Morgen, ich war allein, erst beim Abfahren begegnete ich einem Pärchen, das etwas später aufgestanden war als ich. Es war ein wundervolles Tieferfliegen auf körnigem griffigem Firn in gleißendem Sonnenlicht. Vom Fahrtwind und der Sonne brannte mir das Gesicht und im Inneren brannte das Glücksgefühl über den prachtvollen Tag und eine unverkennbare Hochstimmung in Erwartung des Wiedersehens mit meiner Autobahnbekanntschaft.

Das Gartentor stand offen. So parkte ich den Porsche direkt vor der Garage, dann ging ich zum Eingang, klingelte und drückte zugleich gegen die Türe. Sie gab nach und ich rief hinein, dass Porsche samt Skifahrer wieder wohlbehalten zurück seien. Ich erhielt keine Antwort. So stieg ich die Treppe zum Obergeschoss hinauf, weil ich sie auf dem Balkon vermutete.

Sie lag, der Oberkörper im Schlafzimmer, die andere Hälfte auf dem Treppenabsatz, nackt und reglos mit dem Gesicht nach unten. Im Schlafzimmer sah ich eine Langlaufgarnitur und ihre Unterwäsche verstreut am Boden liegen, die Tür zum Bad stand einen Spalt breit offen. Sie musste gerade beim Duschen gewesen sein.

Dies alles registrierte und kombinierte ich sekundenschnell, Gedanken flogen sprunghaft: – Gestolpert? – Nein. – Ohnmacht? – Nein. – Warum eigentlich nicht? – Warum eigentlich? – Also getötet. – Warum, wann, wer, wann, wann? … war der Mörder womöglich noch im Haus, lauerte vielleicht hinter der nächsten Türe? – Ganz ruhig, ganz ruhig, Polizei, die Polizei muss verständigt werden! – Weißt du auch, auf was du dich da einlässt? – Wer hat sie denn als letzter lebend gesehen, war hier als Fremder eine ganze Nacht? – Und wie wird meine Frau reagieren, die doch immer so misstrauisch ist, wenn ich allein wegfahre? – Verdächtigungen bei der Polizei, zuhause, im Dorf. – Und Skifahren? – Du glaubst doch nicht, dass die dich einfach laufen lassen!

Die erste Folge dieser Gedankengänge lief in Sekunden ab, um sich dann wie in einer endlosen Computerschleife immer zu wiederholen. Es dauerte jedenfalls mehrere Minuten, bis ich auf das Naheliegendste kam – zu prüfen, ob sie nicht noch lebte. Zunächst aber warf ich einen Blick in das Schlafzimmer und drückte vorsichtig die Türe zur Dusche ganz auf.

Sie war tot. Ich habe zwar noch nie einen Toten berührt, weiß nicht, wie man Leichenstarre empfindet, sie fühlte sich kühl aber nicht direkt kalt an. Aber ihr Puls war tot.

Die Gedankenschleife begann wieder anzulaufen, diesmal rückwärts: Skiurlaub abschreiben – ich war jetzt etwas ruhiger. Mein Freund, es handelt sich hier offensichtlich um einen Mord, verstehst du, Mord und du wirfst dagegen ein paar Skitage in die Waagschale? Aber wird man mir glauben, die Polizei, meine Frau, die Nachbarn, die Freunde? Würde sich das Pärchen von der Munde ausfindig machen lassen, hatten die mich überhaupt registriert, als ich bei ihnen vorbeigeschossen kam?

Ich glaube, in den nächsten fünf Minuten hätte ich einen klaren Kopf bekommen, hätte die Polizei gerufen. Doch da war plötzlich das Geräusch eines Schlüssels an der Eingangstüre.

Ich duckte mich, stieg gebückt über den reglosen Körper hinweg in das Schlafzimmer und blieb hinter der Türe stehen, wobei ich weitere Versteck- bzw. Fluchtmöglichkeiten hinter das Bett oder durch die Balkontüre in Betracht zog.

»Hallo, hallo, mein Liebling, dein reumütiges Ehe-Ekel ist da!« Das mit dem Ekel mochte stimmen, reumütig war in jedem Fall gelogen, das konnte man allein aus der Stimme und der Art, wie es gesagt wurde, beurteilen.

»Nun komm schon, mach dich nicht so rar!« Das klang schon weniger säuselnd, mit einem Anflug von Ärger oder gar

Drohung. Ich hörte, wie er den Mantel und die Schlüssel an der Garderobe ablegte, die Türe zum Kaminzimmer wurde geöffnet und geschlossen. Die unteren Stufen der Treppe zu mir herauf knarrten. Dann, lange Sekunden absolute Geräuschlosigkeit. Das Herz klopfte mir bis zum Hals. So eine verrückte Situation, ich war doch unschuldig, warum trat ich nicht einfach hinter der Tür vor. Oder wenn ich wenigstens gleich über den Balkon verschwunden wäre – jetzt war es zu spät.

Er musste direkt bei ihr stehen, keine zwei Meter von mir entfernt. Würde er mein Atmen hören?

»Das gibt es doch nicht!« – Pause – »das ist ja nicht zu fassen!« und dann nur noch gemurmelt, aber trotzdem deutlich zu verstehen – »wer hat mir das denn abgenommen?«

Ich hörte, wie er die Treppe hinunter eilte, Mantel und Schlüssel an sich nahm und dann sehr vorsichtig die Außentüre öffnete, sie hastig wieder zuzog, dann ein erneuter Versuch – und er war verschwunden. Ein Motor sprang an – warum hatte ich ihn nicht kommen hören? – das Geräusch eines wendenden Wagens, dann Stille.

Und jetzt?

Eine Berührung von hinten hätte mich nicht mehr erschrecken können als das jähe Läuten des Telefons. Da war es endgültig vorbei mit meinen Nerven, ich raffte meine Sachen in dem Gästezimmer zusammen und während ich versuchte, das Bett in Ordnung zu bringen, überlegte ich fieberhaft, wo überall meine Fingerabdrücke sein könnten.

Gott sei Dank war ich beim Zurückkommen gleich bei meinem Renault vorbeigefahren und hatte dort meine Ski und Schuhe sowie den Rucksack umgeladen. Mit einem Tempo in der Hand verließ ich das Haus, ging kurz hinter dem Porsche in Deckung, um den Türgriff abzuwischen und dann versuchte ich möglichst schnell und trotzdem unauffällig fortzukommen.

Soweit ich sehen konnte, stand niemand an irgendwelchen Fenstern oder auf Balkonen oder Terrassen.

Ich brauchte eine gute Stunde, bis ich bei meinem Auto war, viel Zeit, um nachzudenken. Eigentlich konnte man auf mich gar nicht kommen, ich war mir ziemlich sicher, dass mich niemand gesehen hatte. Jetzt, beim Verlassen des Hauses.

Heute morgen? Zu früh! Aber gestern? Da hatte ich nicht darauf geachtet. Verdammt, der Grenzbeamte, der hatte mich noch so argwöhnisch kontrolliert, vermutlich, weil ich so gar nicht nach Porsche aussah. Beim ersten Mal hatten sie mich ja einfach durchgewunken. Vielleicht bildete ich mir das aber auch nur ein. Und dann der Typ, der mich mit meinem Benzinkanister an der Autobahn abgeliefert hatte? Da bekommt die Anonymität gleich Löcher, wenn man seine eigene Fährte verfolgt. Und ich habe dem Kerl in meiner Redseligkeit auch noch erzählt, dass das gar nicht mein Gefährt sei, sondern eine Freundin ihn heute Nacht hier stehen gelassen hätte.

Soll ich nicht lieber doch zur Polizei, vielleicht nicht hier, vielleicht in Innsbruck direkt zur Kripo? Da war doch etwas oberfaul, dieser Kerl von einem Ehemann steckte doch mit irgendjemandem unter einer Decke. Und wenn ich meine Aussage anonym machte, am Telefon? Dann wüssten sie gleich, dass da noch jemand im Spiel war und würden nach mir fanden, wogegen sonst mit ein bisschen Glück zum Suchen gar kein Anhaltspunkt gegeben war.

Den ursprünglichen Gedanken, sofort über die Grenze zurückzufahren, hatte ich verworfen, bis ich bei meinem Auto angekommen war. Versetzen Sie sich selbst in meine Lage – plötzlich fühlt man sich nirgends mehr sicher. Wenn ich mich in einer Pension einquartierte oder auf eine bewirtschaftete Skihütte ginge, wenn sich bei einer späteren Rekonstruktion meiner Reiseroute ein Zöllner – selbst an einem anderen Grenzübergang – meiner erinnern würde, wie sollte ich das erklären? Meiner Frau hatte ich gesagt, dass ich im Brennergebiet auf Skitouren gehen würde, als Stützpunkt den Winterraum einer unbewirtschafteten Alpenvereinshütte. Und genau das würde ich tun.

Ich bin oft gefragt worden, ob ich mich denn da nicht fürchte, so ganz allein hoch oben in den Bergen. Zugegeben, manchmal schreckt man schon etwas angegruselt auf, wenn plötzlich ein Windstoß unters Dach fährt oder ein Holzbalken von der ungewohnten Wärme des Ofenfeuers knackt oder Schneewirbel vor der Türe sich wie schlurfende Schritte anhören, aber die rationelle Überlegung, dass sich um diese Zeit in dieser einsamen Höhe sicherlich niemand mehr herumtreiben würde, haben immer schnell beruhigt. Diese drei Nächte jedoch waren grauenvoll. So sehr ich auch meine Vernunft zu mobilisieren versuchte, ich konnte nicht mehr normal schlafen und wenn ich dann doch erschöpft eintauchte in ein dunkles Nichts, dann fuhr ich umso verschreckter aus der Tiefe dieses Erschöpfungsschlafes auf und horchte und wartete – auf was, wusste ich selbst nicht, ob auf die Polizei, den Mörder oder ein Gespenst.

Der Grenzübergang, vorsichtshalber bei Reutte, verlief problemlos. Meine Frau dagegen merkte sofort, dass irgendetwas nicht in Ordnung war. Ihr Verdacht ging natürlich in eine ganz andere Richtung und je mehr ich auf ihre misstrauischen Fragen, was denn los sei, mit »Nichts, was soll schon sein« antwortete, desto überzeugter wurde sie, dass ich mitnichten meine Nächte auf einer einsamen Berghütte verbracht hatte.

Das ganze liegt jetzt beinahe ein Jahr zurück. Der Kinder wegen, wie sie immer betont, will meine Frau sich nicht scheiden lassen, aber ansonsten leben wir nur noch nebeneinander her.

Vor drei Tagen war der Bericht über den Prozess in der Zeitung. Der Ehemann, Johannes Vermeer, wurde wegen Mordes an seiner Frau Susanne Vermeer zu lebenslanger Haft verurteilt.

Gegen ihn hatte gesprochen, dass im Laufe der Recherchen herausgekommen war, dass sein Unternehmen zur Herstellung von Haushaltsgeräten hochverschuldet war, was er seit zwei Jahren durch illegale Waffengeschäfte zu kompensieren versucht hatte, wovon seine Frau erfahren und ihm mit der Scheidung gedroht hatte – und dies just an ihrem Geburtstag.

Während meine Grenzfahrten offensichtlich keine Erinnerung hinterließen oder bei der Fahndung unberücksichtigt blieben, konnte sich ein Zollbeamter an den Grenzübertritt Herrn Vermeers erinnern und zwar seltsamerweise nicht in Scharnitz sondern am Achenpass und das nur deswegen, weil sich Herr Vermeer lautstark darüber entrüstet hatte, dass hier der EU-Aufkleber mangels einer eigenen Spur ihm keine freie Fahrt verschafft hatte. Er hatte die Grenze am Mordtag gegen 10 Uhr passiert und für die Zeit bis 17 Uhr konnte er kein Alibi nachweisen. Als Todesursache war ein perfekt geführter Handkantenschlag in den Nacken des Opfers festgestellt worden und Herr Vermeer hatte bis vor wenigen Jahren Karatesport betrieben. Den großen Unbekannten, mit dem er sich in einem Wald nahe Innsbruck getroffen haben wollte, nahm ihm das Gericht nicht ab, zumal ein Zeuge gegen 12:30 Uhr einen Mercedes gleicher Farbe und gleichen Typs in der Nähe des Hauses in Seefeld gesehen hatte.

Nur er und ich wissen, dass er es nicht war – und der Mörder. Der Rechtsanwalt von Vermeer hat Berufung eingelegt.

Wenn sich bis zur Revisionsverhandlung – vielleicht veranlasst durch diese Zeitungsberichte – doch noch jemand meiner erinnern sollte, würde vermutlich nicht nur die Polizei nach mir suchen.

Der Erzähler

Er war gern gesehen und geschätzt auf Geburtstagspartys und ähnlichen geselligen Veranstaltungen, weil er Witz hatte und einen großen Fundus an Geschichten, mit denen er nicht unwesentlich zur Gestaltung solcher Events beizutragen vermochte. Und selbst, wenn die Gefahr bestand – derartige Zusammenkünfte fanden ja in der Regel im immer gleichen Freundes- und Bekanntenkreis statt – dass die eine oder andere Geschichte schon des öfteren gehört worden war, konnte es für seine Zuhörer spannend bleiben, weil er seinen Storys durchaus neue Nuancen und Variationen zu geben verstand. Behauptete jedenfalls seine Frau.

Gleichermaßen galt er aber auch als gefürchteter Partygast und das hatte im wesentlichen zwei Gründe: Zu vorgerückter Stunde und zwei Schoppen zuviel riss er die gesamte Unterhaltung an sich und verteidigte seine Stellung gegen eventuelle Konkurrenten mit einer schier endlos steigerungsfähig erscheinenden Lautstärke. Und ihm kamen bei seinen Geschichten meist so viele Gedanken gleichzeitig in den Sinn, dass es nicht selten geschah, dass er nach einer guten Weile einräumen musste »Aber jetzt weiß ich gar nicht mehr, wie ich darauf gekommen bin«, denn meist hatte ihm ja ein anderer mit einer – wesentlich kürzeren und weniger blumigen – Geschichte das Stichwort gegeben. Je nach Laune nutzten die einen diese unerwartete Gelegenheit, um sich dem ungebremsten Erzählen zu entziehen, während andere Wohlwollendere gemeinsam mit ihm rekapitulierend versuchten, zu ergründen, was der Auslöser für den mehrfach verflochtenen Beitrag gewesen sein könnte. Wurde man nicht fündig, so war den Gästen eine wohlverdiente Pause vergönnt, denn da hatte er seinen Ehrgeiz: Nötigenfalls zurückgezogen in einer einigermaßen ruhigen Ecke und womöglich unterstützt von einem weiteren Glas durchforstete er sein Gedächtnis so lang, bis er den Beitrags-Auslöser wiederentdeckt hatte. Dann allerdings war er gnadenlos, versuchte die ehemalige Zuhörerschaft erneut um sich zu scharen und vollendete, was so schmählich unterbrochen werden musste.

Seine Tennis-Clique weiß allerdings von einer – obwohl Jahre zurückliegend – nach wie vor Unvollendeten. Nein, nicht Geschichte, sondern Rede. »Meine sehr verehrten Damen und Herren« hatte er damals begonnen. Es war gegen 3 Uhr morgens nach einer sehr feuchten Geburtstagsfeier vor dem Haus des Jubilars. »Meine sehr verehrten Damen und Herren…« und seine auf der Straße um ihn gruppierte Zuhörerschaft spendete frenetisch Beifall. Dann erinnerten sich Redner und Zuhörerschaft kurzfristig, dass man sich ja eigentlich gerade aufgerafft hatte, dem heimatlichen Bett zuzustreben. Bereits an der nächsten Kreuzung aber, war einer aus dem Gefolge zu verabschieden, was schließlich nicht sang- und klanglos geschehen konnte. »Meine sehr verehrten Damen und Herren…«. Bis heute weiß weder der Redner noch die Zuhörerschaft, welche tiefschürfenden Betrachtungen zu welchem Thema der Menschheit damals vorenthalten worden sind.

Tennis hatte es vor der Ära Becker/Graf alles andere als leicht, in einem seit Jahrhunderten von Fußball geprägten dörflichen Gefüge Fuß zu fassen. Es waren nahezu ausschließlich »Reigschmeckte«, die es vorzogen, sich nach einer kleinen Filzkugel zu strecken als auf einen anständigen Lederball – und ggf. den Gegner – einzudreschen. Mit dem Becker-Boom, unterstützt durch den Absturz der Dorf-Fußballmannschaft in die Niederungen der Kreisklasse, fanden aber immer mehr aus der Fußballkaste zum roten Sand. Und – das mussten die reinrassigen Tennisspieler neidlos anerkennen – sie stellten sich durch die Bank sehr geschickt an. Man merkte einfach, dass sie von Jugend auf gewohnt waren, mit einem Ball umzugehen,

auch wenn der etwas größer war und statt mit einem Schläger mit dem Fuß traktiert wurde. Und konditionell waren sie
den eigentlichen Tennisleuten, die meist mit irgendwelchen
Schreibtischarbeiten ihren Lebensunterhalt verdienten, ohnehin in der Regel überlegen.

Die Fußballer hatten sich inzwischen in vielen Arbeitsstun-
den Eigenleistung – im Dorf gab es praktisch kein Handwerk,
das nicht vertreten gewesen wäre und es gab faktisch keine
Familie, die nicht wenigstens mit **einem** kickenden Mitglied
an den Verein gebunden war – ein schmuckes Vereinsheim
direkt am Fußballplatz erbaut. Somit konnte die Tennisabteilung den bisherigen Raum im Turnhallenkomplex über-
nehmen und bekam damit endlich eine Heimat, in der sich
auch gelegentlich geselliges Beisammensein pflegen ließ. Dazu
wurde dann – besonders anfänglich – auch keine Gelegenheit
ausgelassen. Für unseren Titelhelden entwickelten sich daraus
ungeahnte Entfaltungsmöglichkeiten, insbesondere weil er
inzwischen zum Abteilungsleiter avanciert war und es somit
schließlich in der Hand hatte, durch Abteilungs- oder Mitglie-
derversammlungen, Schleifchenturniere und ähnliches sich ein
Publikum einzubestellen.

Das ganze hatte nur einen Haken.

Die Tennis-Herberge war in einem Anbau der Turnhalle
untergebracht. Neben und unter ihr logierte außerdem der Gesangsverein und die Feuerwehr. Und ober ihr der Hausmeister
und seine Gattin. Während sich die Feuerwehr und die Mitglieder des feucht-fröhlichen Gesangsvereins auch durch etwas
aus dem Ruder geratene Versammlungen der Tennisfreunde
im allgemeinen und lautstarke Erzählungen des Erzählers im
besonderen nicht beeinträchtigt fühlten, fühlte sich der Hausmeister. Und im besonderen seine Gattin. Denn wenn er um
Mitternacht mit wild rollenden Augen und furcherregenden
Drohungen Ruhe einforderte, so konnte man sich durchaus

vorstellen, dass er zunächst einmal oben sein Fett abbekommen hatte, warum er denn nicht endlich dort unten für Ruhe sorge und somit doppelt geladen auf uns losging. Sowohl der zorngeschwängerte Gesichtsausdruck als auch die von unmissverständlichen Gesten unterstützten Drohungen wurden von der feiernden Bande natürlich als willkommene Bereicherung des Abends und mit großer Erheiterung aufgenommen, wiewohl man durchaus bemüht war, schuldbewusst dreinzublicken. Insbesondere der Erzähler, der sich nebenberuflich als Schauspieler versuchte, hatte in solchen Situationen ein Übungsfeld, wie es ihm keine Schauspielschule hätte bieten können. Schließlich fiel es als Bandenhauptmann in seinen Zuständigkeitsbereich, Reue heuchelnd Besserung zu geloben und am nächsten Tag mit einer Flasche Bordeaux den Frieden zwischen oben und unten wiederherzustellen.

Dass er immer einen Bordeaux zu seinen Waffenstillstandsverhandlungen mitbrachte und nicht – wie man in Anbetracht, dass sich besagte Turnhalle in Franken befindet, vermuten möchte – einen Bocksbeutel, erklärt sich aus dem Umstand, dass der Hausmeister Franzose war. Was seinen Drohungen unzweifelhaft eine zusätzliche, für seine Zuhörerschaft schwierig zu bewältigende Note verlieh. Nicht, dass er des Deutschen nicht mächtig gewesen wäre, aber »isch schmmeisse eusch alle hinausch« wurde doch weit weniger ernsthaft bedrohlich empfunden als ein akzentloses und somit formeller – um nicht zu sagen – behördlicher klingendes »Ich schmeiße euch alle hinaus«.

Alles in allem aber war er ein durchaus liebenswerter Mensch. Eben ein Franzose!

Dass es da gewisse Verhaltensunterschiede zwischen Deutschen und Franzosen gibt, hatte der Erzähler schon anlässlich der seit langem ersten Urlaubsreise mit seiner Frau ohne Kinder erfahren dürfen. Sie waren mehr oder weniger ziellos Richtung

Norden gestartet, nachdem sichergestellt war, dass sich die befreundeten Nachbarn nötigenfalls in das elternlose Familiengeschehen nebenan einschalten würden. Im Kofferraum des Renault-Kombi lag das Zelt und alles was für ein freies Zeltlerleben notwendig ist: Luftmatratze, Schlafsack, Kocher und die alten verbeulten Alutöpfe, die schon so manchem alpinen Urlaub erfolgreich getrotzt hatten. Es war ein Gefühl, wie einst als man noch unverheiratet den Eltern irgendein Märchen von Vereinstreffen auf einer Hütte aufgetischt hatte, um dann in erst noch im Entstehen begriffener Zweisamkeit an einem einsamen Zeltplatzl zu ankern. Es fühlte sich an nach »heimlich Davonstehlen«, prickelnd und abenteuerlich.

Die beiden landeten schließlich in der Bretagne, an der Küste nördlich von Morlaix. Es war schon gegen Abend, ein grandioser Sonnenuntergang hatte das Meer und die bizarren Felsen noch einmal mit leuchtenden Farben überschüttet. Jetzt war das Meer schwarz geworden, die Felsfiguren wirkten nun eher bedrohlich. Aber das Zelt stand an einem wunderschönen Wiesenfleck, ebenes Gelände und ein ungehinderter Blick auf die Schaumkronen der Wellen, die in stetem Rhythmus gegen die Küste anrollten. Spaghetti mit Tomatensauce hatte es gegeben, verfeinert mit einem kräftigen Schuss aus der Rotweinflasche, die längst ihres Inhalts beraubt war. Die Luft war bretonisch rau und salzig und roch atemberaubend nach Freiheit und Urlaub. Ein verliebter Spaziergang am Ufer entlang, dann krochen sie ins Zelt und ließen sich von der rollenden Brandung in den Schlaf hinüberrollen.

Als er am nächsten Morgen seine sich wohlig räkelnde Schlafsackpartnerin mit frischem Baguette und duftenden Croissants überraschte, die er mit dem Fahrrad in der nächsten Ortschaft erbeutet hatte und sie sich gerade den Campingtisch so positionierten, dass die noch spärlich wärmende Sonne den Rücken bestrahlte und die Augen gleichzeitig dem Schauspiel der Wellen frönen konnten, spazierte er relativ zielstrebig an ihnen vorüber. Jean, ein waschechter wettergegerbter Bretone. »C'est pas permis ici« ließ er sich ziemlich direkt und streng klingend vernehmen. Bei genauerem Hinsehen konnte man aber unschwer erkennen, dass in seinen Augen vollstes Verständnis für die beiden blitzte. Dort drüben sei ein Campingplatz, deutete er undeutlich an. Offensichtlich beobachtete er aber auch den Angesprochenen sehr genau und musste seinen angewiderten Blick richtig gedeutet haben, denn er schickte gleich hinterher, dass hier aber eigentlich keiner kontrolliere und wenn – dort drüben, wo der Wohnwagen stehe, das sei sein »terroir« und da sei noch genügend Platz für ein Zelt.

Er hat seit dieser ersten Begegnung so manche Flasche Wein mit den beiden geteilt und mit ihnen so manche lautstark kommentierte Runde Boule gespielt, hat ihre Tochter für mehrere Wochen bei sich aufgenommen, sie in Deutschland besucht und an Weihnachten telefonieren sie miteinander. An Weihnachten gibt es bei dem Erzähler am Heilig Abend traditionsgemäß Fondue und am 1. Feiertag eine Bouillabaisse…

Aber eigentlich weiß ich jetzt gar nicht mehr, wie ich auf Weihnachten gekommen bin

Auf der Lauer

»Schau dir das einmal an« wurde Herbert Karl von seiner Frau empfangen, als er von der Arbeit nach Hause kam. Sie hielt ihm einen in ziemlich unsauberer Handschrift verfassten Brief hin. Und sie wirkte ein wenig verstört.

Frau Karl, Sie sind eine adraktife Frau und ich bin ein adraktifer Mann und ich begehre Sie sehr. Sie wollen doch sicher nicht, das ich im Dorf herumerzähle, was Sie so in Ihrer Freizeid alles machen und das Ihre Kinder das erfahren. Wenn Sie sich mir hingeben, ist alles gut. Legen Sie am Mittwoch bis mittags einen Zeddel oder einen Brief auf das Fensterbredd am Fereinsheim am Fußballplatz wie und wo wir uns treffen. Sie werden es nicht bereuhen!

»Und – was machst du in deiner Freizeit« fragte ihr Mann grinsend. Das war aber nicht unbedingt, was sie von ihm als Reaktion erwartet hätte. »Frag nicht so blöd! Ich finde das gar nicht lustig«.

Nein, wirklich lustig fand er das auch nicht. Aber übermäßige Sorgen müsse sie sich auch nicht machen, meinte er und morgen würden sie zusammen zur Polizei gehen. Vielleicht gäbe es ja mehr solcher Briefe im Ort.

Bei der Polizei wusste man von keinen weiteren Briefen, aber das könne ja durchaus noch kommen, meinten sie. Jedenfalls wurde ein Protokoll angefertigt und man nahm von Herrn und Frau Karl die Fingerabdrücke, um eventuell die des Schreibers vom Brief und/oder Briefumschlag herausfiltern zu können. Außerdem schlug Karl vor, dass seine Frau tatsächlich kurz vor 12 Uhr einen Zettel am Fußballplatz hinterlegen solle. Er selbst würde zuvor schon im Vereinsheim Position beziehen, um den

Briefschreiber beim Abholen desselben zu ertappen. Von seiner Arbeitsstelle könne er Funkgeräte ausleihen und wenn jemand von der Polizei außen in einem Zivilfahrzeug Kontakt zu ihm halte, könne man den Wüstling sehr einfach einfangen

Die Karls waren erst vor 4 Jahren in das Dorf kurz vor der ganz Deutschland aus den Verkehrsdurchsagen bekannten Autobahnauffahrt Kist zugezogen, waren also sogenannte Reing'schmeckte. Trotzdem waren sie der Dorfbevölkerung bereits ein Begriff. Beide waren schon – je nach Position – angenehm oder unangenehm aufgefallen. Sie, weil sie sich als Elternbeirat für den katholisch regierten Kindergarten zur Verfügung gestellt hatte und sich sofort mit dem Pfarrer anlegte. Er, weil er sich einmal tatkräftig beim Aufbau des Festzeltes beteiligt hatte und jeder damals das fremde Gesicht möglichst uninteressiert mimend höchst interessiert registriert hatte und dann auf der alljährlichen Bürgerversammlung. Dort hatte er sich erdreistet, die vagen Ausführungen des Bürgermeisters zu hinterfragen, was ihm gleichermaßen Beachtung von der Anhängerschaft wie von den Gegnern des Dorfoberhauptes einbrachte. Außerdem war er ein paar Mal beim Training der Alten Herren aufgetaucht und hatte die ausrangierten Fußballschuhe seines Schwagers zum Einsatz gebracht. Nicht dass er fußballerische Qualitäten mitgebracht hätte – außer dem üblichen Jugendgekicke hatte er nie mit Fußball etwas am Hut gehabt – es ging ihm schlicht um körperliche Betätigung.
Eines Tages stand dann der Bauunternehmer des Ortes vor seiner Tür: Er komme im Namen des örtlichen Turn- und Sportvereins für den man einen neuen Vorsitzenden suche. Und nachdem er, Karl, schon verschiedentlich gezeigt habe, dass er am Dorfgeschehen lebhaften Anteil nehme, habe man an ihn gedacht. Karl wandte zwar ein, dass er noch nie eine Vereinsfunktion innegehabt habe und, wenn er auch nicht ge-

rade als unsportlich charakterisiert werden könne, nicht einmal einem Sportverein angehört habe. Das mache gar nichts, wurde ihm von dem Abgesandten des TSV versichert, ihm stünde ja eine eingespielte Mannschaft zur Seite, nur der 1.Vorsitzende lege eben sein Amt aus gesundheitlichen Gründen nieder.

Ein bisschen geschmeichelt fühlte er sich natürlich schon, der Herr Neubürger, dass man ausgerechnet auf ihn gekommen war und nachdem er ja einer war, der gerne seinen Mund aufmachte, wenn es etwas zu kritisieren gab, so wollte er sich dem Dorf in seiner offensichtlichen Notlage nicht verweigern. Und so wurde er am Dreikönigstag, dem traditionellen Termin für die Generalversammlung des Sportvereins von eher skeptischen Mitgliedern in eine mehr oder weniger offen skeptische Vorstandstruppe als deren Haupt hineingewählt. Den ersten Schock versetzte er dann den Versammelten, als er unmittelbar nach der Wahl seinen Notizblock nahm und sich mit den Worten verabschiedete, dass er jetzt nach Hause müsse, weil er die Kinder zu betreuen habe, denn die Mutter sei beim Skifahren. Das waren in dieser Zeit, da das Wort Emanzipation auf einem Dorf noch im wahrsten Sinne des Wortes ein Fremdwort war, in den Ohren der rein männlichen Zuhörerschaft drei Ungeheuerlichkeiten in einem Satz. Aber das war Karl zu diesem Zeitpunkt noch nicht bewusst.

Der Skeptischste aus seiner Vorstandsriege war unverhohlen sein unmittelbarer Stellvertreter und 2.Vorsitzender, der Dorfschmied. Er war noch ein echter ehrlicher Handwerker alten Schrot und Korns und besaß nicht nur deswegen und wegen seines unerschöpflichen Lagers an längst ausgestorbenen Rohren, Schrauben und Beschlägen ein hohes Ansehen im Dorf und im TSV, er hatte auch schon seit Jahrzehnten den Posten des 2.Vorsitzenden inne. Karl merkte aber bald, dass die Skepsis nicht gleichzusetzen war mit Ablehnung, sondern mit einem gesunden Abwarten, wie denn der Neue sein Amt ausfüllen würde. Dass er ihn überzeugt hatte, merkte Karl bei der ersten Generalversammlung nach seiner Wahl. Turn- und Sportverein war ja im Grunde genommen eine ziemlich unzutreffende Beschreibung – Fußballverein wäre wesentlich ehrlicher gewesen. Vor allem der Begriff Fußballabteilung schien Karl eine glatte Lüge, denn eine Zuordnung von Personen zu einer solchen »Abteilung« existierte schlichtweg nicht. Als er in seinem Jahresbericht den Mitgliedernachweis dieser »Abteilung« einforderte, wie das z.B. bei der neugegründeten Tennisabteilung der Fall sei, gab es beinahe einen kleinen Tumult. Die Argumentation »Das haben wir schon immer so gehabt« war ihm natürlich nicht fremd. Da meldete sich sein Schmied zu Wort und Karl wusste – und fürchtete – dass von ihm ein klares Wort zu erwarten war. »Meine Herren« begann er unerwartet vornehm, um aber dann mit einem eindeutigen »Ihr Sakramenter…« fortzufahren und genau in seine Kerbe zu hauen.

Das erste Jahr in seinem Amt war bereits sehr ereignisreich verlaufen. Da hatte es zunächst das 90. Jubiläum zu feiern gegeben. Dabei bekam er in vollem Umfang zu spüren, welcher organisatorische Aufwand anlässlich solcher Veranstaltungen zu bewältigen ist, wie vieler fleißiger Helfer es bedarf und was alles zu bedenken ist. Dann war das Vereinsheim, das ja in völliger Eigenleistung errichtet wurde, gerade noch vor dem Winter fertig geworden. Die Einweihung war mit einem pompösen Büffet absolviert worden, wo Karl in seiner Naivität geglaubt hatte, dass ein Laib Leberkäse, ein halber Emmentaler und 2-3 Fässer Bier die richtige bodenständige Ausstattung sei. »Ja spinnst denn du«, hatte man ihm entgegengehalten, »mir blamieren uns doch nicht«! So hatte die besagte erste Jahresversammlung mit dem 1.Vorsitzenden Karl an der Spitze bereits in dem neuen Bau stattfinden können.

Und nun saß er also – er war ja im Besitz des Schlüssels – im vollkommen finsteren Aufenthaltsraum des Vereinsheims und wartete darauf, dass der unverschämte Verehrer seiner Frau den Zettel vom Fensterbrett holen würde. Vorsichtshalber hatte er sich mit einer Karabinerkette ausgerüstet, um gegebenenfalls einigermaßen martialisch auftreten zu können. Der Funkkontakt mit dem Polizisten in seinem Privatauto war getestet, der Rollladen war soweit hochgezogen, dass er durch die Schlitze einen Blick auf den Fußballplatz und die Terrasse des Clubgebäudes hatte. Zunächst wärmte ihn noch die Aufregung und das Feuer des Jägers. Allmählich wurde ihm aber ungemütlich kalt. Es war noch früh im Jahr. Die Dunkelheit empfand er überdies zunehmend als lästig.

Da hörte er plötzlich, wie die Außentüre mit einem Schlüssel geöffnet wurde. Jetzt war ihm nicht mehr kalt. Wie war das möglich, woher hatte der Kerl einen Schlüssel, woher wusste er, dass Karl in der Hütte auf der Lauer lag? Jetzt versuchte der Eindringling die Türe zum Aufenthaltsraum aufzuschließen. Die hatte Karl jedoch im Gegensatz zur Außentüre gar nicht abgesperrt. Der Unbekannte brauchte eine Weile, bis ihm das klar geworden war. Dann wurde die Klinke niedergedrückt. Karl fasste seine Karabinerkette fester. Eine Hand tastete nach dem Lichtschalter. Jetzt würden sie sich gleich gegenüberstehen. Warum nur hatte der Polizist ihn nicht angefunkt. Das Licht flammte auf.

In der Tür stand im blauen Drillich sein 2.Vorsitzender! Er wolle nur die Heizkörper überprüfen, damit sie bei dieser Kälte nicht einfrören. Dass sein »Chef« hier im Dunkeln mit einer Karabinerkette in der Hand den helllichten Nachmittag verbrachte, schien ihm aber gar nicht über Gebühr seltsam zu sein. Der versuchte aber trotzdem eine Erklärung: Er warte hier auf jemanden, war aber alles, was ihm einfiel. Als die Heizkörper überprüft und der Schmied das Vereinsheim wieder verlassen hatte, funkte Karl den Polizisten an und man kam überein, das Fallenstellen für beendet zu erklären.

Es kam kein weiterer Brief. Aber ein knappes Jahr später versuchte es der »adraktive« Briefschreiber bei einer Einheimischen. Die sagte ihm auf den Kopf zu, dass er ein Vollidiot sei. Womit die Angelegenheit erledigt war.

Recht und Gerechtigkeit

Als Student der Studienrichtung Geodäsie muss man auch Vorlesungen juristischer Art über sich ergehen lassen: Zum einen die dieses Berufsfeld tatsächlich tangierenden Gebiete Boden- und Grundbuchrecht sowie Staats- und Verwaltungsrecht und zum anderen schlicht ein allgemeiner Einblick in das BGB, also Bürgerliches Recht.

Vielleicht sollte ich aber zunächst ein wenig bei dem Begriff Geodäsie verweilen, der möglicherweise nicht jedem geläufig ist. Nimmt man einmal Anleihen in benachbarten Disziplinen wie Geografie, Geologie oder Geophysik, so muss das etwas mit unserer Erde zu tun haben. Und so ist es auch: Geodäsie setzt sich aus dem griechischen geos für Erde und daiein für teilen zusammen. Und der große deutsche Geodät und Mathematiker Friedrich Robert Helmert hat ihre Aufgabe als »Wissenschaft von der Ausmessung und Abbildung der Erdoberfläche« definiert. Das würde man heute im Zeitalter der Raumfahrt um die »Bestimmung und Beschreibung von Gestalt, Größe und Schwerefeld der Erde« erweitern, im Prinzip hat die ursprüngliche Definition aber immer noch ihre Gültigkeit. Einfacher verständlich, aber nicht so wohlklingend, wird Geodäsie auch schlicht als »Vermessung« bezeichnet.

Dass dies einen erheblichen Unterschied ausmachen kann, wurde mir bewusst noch ehe ich die erste Vorlesung besucht hatte.

Wir waren zu dritt, als wir nach dem Abitur und dem verdienten Erholungsurlaub und vor unserem ersten Eintauchen in das Studentenleben unserer alten Schule und einigen unserer Lehrer einen Besuch abstatteten. Unser Englischlehrer war ein junger, dynamischer und noch unverbrauchter Lehrer gewesen, der die Fähigkeit hatte und sich noch die Mühe nahm, uns zu begeistern. Er war unser erster Anlaufpunkt. Er freute sich ehrlich und dann kam natürlich die unvermeidliche Frage »Und was machen Sie jetzt?« Mein Mitschüler Huber wollte Jura studieren, Maier Medizin, was beides mit anerkennendem »Ah« kommentiert wurde. »Und Sie?« – »Vermessung«. Darauf erfuhr das bisherige »Ah« eine Ergänzung zu einem »Aha« mit dem Unterton »Na ja, das hat sich ja schon angedeutet, dass aus Ihnen einmal nichts Gescheites wird«.

Immerhin war ich **so** gescheit, daraus zu lernen. Unser nächster Anlaufpunkt war der wesentlich ältere, aber sehr nette Französischlehrer. »Und was machen Sie jetzt?« »Jura« – »Ah«. »Medizin« – »Ah«. »Geodäsie« – »Ahhhhh!«

Aber nun will ich zurückkehren zu den juristischen Fächern.

In den Rechtsfächern hatten wir einen Dozenten, der mir schon von Aussehen und Gehabe her nicht sonderlich sympathisch war: Er hatte offensichtlich einen Arm verloren im Krieg, was ihn aber nicht daran hinderte immer noch recht militärisch zackig aufzutreten, sein Gesicht wies eine Narbe auf, die natürlich ebenfalls vom Krieg herrühren mochte, mir sah das aber eher nach schlagender Verbindung aus. Und sein Auftreten sprach eindeutig für diese These. Nun muss ich zugeben, dass ich der Juristerei grundsätzlich mit einiger Skepsis gegenüber stehe und mir im Grunde genommen unverständlich ist, wie jemand sich dafür begeistern kann: Ein Rechtsanwalt geht von vorne herein einen Packt mit dem Verbrechen ein, ein Staatsanwalt muss sich mehr oder weniger als Hardliner geben und ein Richter ist gezwungen möglicherweise unsinnigen Gesetzen zu folgen. Beinahe immer geht es aber um und wird entschieden nach Formalien, obwohl jeder weiß, dass der rücksichtslose Betrüger ein Betrüger ist, wird eher danach entschieden, ob die Schrifthöhe des Kleingedruckten von dem Betrogenen theoretisch entziffert werden konnte oder ob man das Verfahren nicht überhaupt über die Verjährungsfrist hinaus verschleppen kann. Jedenfalls war ich aus der Kombination ungeliebtes Sujet mit unsympathischem Dozenten heraus kein sehr eifriger Hörer dieser Vorlesungen. Nun konnte ich aber schlecht mit diesen beiden Argumenten in einer Prüfung, die unzweifelhaft einmal abzulegen war, punkten.

Als ich der Realität des Vordiploms nicht mehr ausweichen konnte, schlich ich doch etwas kleinlaut zu meinem Schwager, der als Notar sein Geld verdiente und fragte ihn, ob er aus seinem Studium her nicht vielleicht Fallbeispiele mit Lösungen hätte, an denen ich etwas üben könnte. Er hatte. Und mir hat das den Rest gegeben. Nach dem fünften Fall, der in der Lösung um 180° anders ausging, als ich ihn aus dem Bauch heraus entschieden hätte, habe ich kapituliert und mich in meiner Einschätzung der Juristerei bestätigt gefühlt.

Trotzdem war der Kelch der Prüfungen nicht aufzuhalten. BGB und Staats- und Verwaltungsrecht mussten schriftlich absolviert werden, Boden- und Grundbuchrecht wurde mündlich abgefragt. Irgendwie habe ich es geschafft, bei den beiden schriftlichen Prüfungen mit 3,0 bzw. 2,7 knapp an der »befriedigenden« Obergrenze von 3,3 vorbeizuschrammen. Im Boden- und Grundbuchrecht prangt aber in meinem Vordiplomzeugnis eine 1,6, was gerade noch unter die Kategorie »Sehr gut« fällt. Wie ist so etwas nach all dem Geschilderten möglich?

Grundlage dafür war, dass diese Prüfung mündlich verlief. Auf dieser Grundlage aber war es vor allem die Art und Weise, **wie** diese Befragung ablief. Unser Rechtsexperte hatte nämlich ein seltsames Verständnis von Gerechtigkeit.

Er nahm jeweils 3 Kandidaten gleichzeitig in die Mangel, d.h., das ist nicht ganz richtig: Er beorderte zwar jeweils 3 Prüflinge vor seinen Tisch, in die Mangel aber nahm er eigentlich nur einen, nämlich den ersten. Und nachdem er seine Opfer alphabetisch abarbeitete, lief das nach dieser Regel und nicht etwa nach dem Zufallsprinzip ab. Ich hatte das Glück, dass ich in diesem alphabetischen Triumvirat in der Mitte der drei zu sitzen kam. Und glücklicherweise hatte mir einer aus der vor uns geprüften Gruppe gerade noch zugeflüstert, ehe wir den Prüfungsraum betraten: »Wenn er dich fragt, ob etwas richtig oder falsch sei, sag einfach falsch«.

Die Fragen liefen nach einem ganz bestimmten Schema ab. Nicht dass unser Richter einmal mich, einmal den rechts von mir schwitzenden Huber oder den links von mir aufgeregt mit den Fingern spielenden Maier befragt hätte, nein, er wandte sich mit einer neuen Problemstellung immer erst an den armen Huber. Danach spießte sein Finger den Luftraum vor mir auf: »Ist das richtig, ja oder nein«? Eingedenk des zugeflüsterten Tipps, aber auch ziemlich ängstlich, weil ich keine Ahnung hatte, setzte ich an »Nein, aber …«. Weiter kam ich nicht. »Ausgezeichnet« bellte er mich an und schoss eine neue Frage auf den immer rötlicher werdenden Huber ab. Irgendwie merkte er dann selbst, dass er den Maier in unser Spiel noch gar nicht einbezogen hatte. Als er Huber und Maier weitgehend zerstört und mich mit »Ausgezeichnets« überhäuft hatte, stellte er zum Abschluss doch noch auch an mich eine Frage, die nicht mehr allein mit Ja oder Nein zu beantworten war. Die gab dann den Ausschlag, dass in meinem Zeugnis nicht 1,0 sondern nur 1,6 steht. Ob meine beiden bedauernswerten Beisitzer die Prüfung bestanden haben, weiß ich nicht mehr. Vorstellen kann ich es mir allerdings nicht.

Das Adventskonzert

In unserem Dorf gibt es eine ganze Reihe von Veranstaltungen, die offenbar in der Tradition seit seiner Etablierung vor rund 2000 Jahren verankert sind. Allerdings muss man auch feststellen, dass in den 30 Jahren, die ich nun zur Dorfgemeinschaft zähle, in immer rasanterem Tempo an der Tradition genagt wird. So hat mein Vorschlag, die Generalversammlung des dörflichen Turn- und Sportvereins vom traditionellen Drei-Königs-Tag auf einen späteren Termin zu verlegen – ich hatte mich unvorsichtigerweise zum Vorstand wählen lassen und musste folglich die Versammlung leiten, wollte mir aber andererseits meine Skiambitionen nicht torpedieren lassen – zu entrüsteten Protesten geführt. »Das haben wir schon immer so gehabt!« Diesen Ausspruch habe ich in diesen 30 Jahren oft zu hören bekommen. Allerdings mit deutlich abnehmender Tendenz. So findet die obige Generalversammlung schon seit langem irgendwann Mitte Januar statt.

Den Faschingszug gibt es zwar noch, aber inzwischen findet er am Faschings-Sonntag und nicht mehr am Dienstag statt. Während es vor 30 Jahren noch zu – bei freier Wortwahl – wortreichen bis handfesten Auseinandersetzungen zwischen den Vereinen darüber kam, wer in diesem Jahr den gewinnträchtigsten Samstagball ausrichten dürfe und wer sich mit dem Sonntag begnügen müsse – Montag und Dienstag waren ohnehin unangefochten dem TSV vorbehalten – bieten die beiden fusionierten Faschingsvereine jetzt noch 2-3 Prunksitzungen an. Faschingsbälle mit der Dorfkapelle und so unsterblichen musikalischen Kulturgütern wie »Marmorstein und Eisen bricht« oder dem Kufsteinlied, Kinderfasching in der Turnhalle und die deftige Faschingsbeerdigung um

Punkt 0 Uhr Aschermittwoch gehören längst der Vergangenheit an.

Das alternierend einmal von der Blaskapelle und einmal vom Gesangsverein ausgerichtete Adventskonzert aber hat die kulturellen Verfallserscheinungen bislang schadlos überstanden.

Die Mutter unserer Kinder war sehr darum bemüht, denselben eine umfassende Ausbildung auf ihren späteren Lebensweg mitzugeben. Und dazu zählt ihrer Ansicht nach – und da gebe ich ihr im Prinzip auch vollkommen Recht – auch ein Hinführen zu sportlichen und im weitesten Sinne künstlerischen Aktivitäten. Im speziellen war damit Musik gemeint. Und so durfte der Sohn Blockflöte und Gitarre, die ältere Tochter Gitarre, Kontrabass und Klarinette lernen, die jüngere Querflöte. Sie, die jüngere, würde allerdings die Nennung der gesamten Nachkommenschaft in **einem** Satz mit dem gemeinsamen Verb »dürfen« verbunden, vermutlich als unzulässig bezeichnen: Bei ihr wurde das »Dürfen« ausdrucksstark als »Müssen« empfunden.

Die Mutter unserer Kinder ist auch schuld daran, dass in meinem Arbeitszimmer ein Hackbrett steht. Bei nochmaligem Durchlesen dieses Satzes muss ich einräumen, dass die Ausformulierung Anlass zu einer unrichtigen Interpretation Anlass geben könnte. Die Mutter zeichnet verantwortlich dafür, dass sich in unserem Haushalt ein Hackbrett befindet. Dass es in meinem Arbeitszimmer steht, ist weitestgehend mir zuzuschreiben.

In unserem Freundeskreis gibt es viele originelle Persönlichkeiten. Was ich – um allen weiteren Missverständnissen vorzubeugen – als ausgesprochen positiv empfinde. Wenn Sie jetzt kombinierend darauf schließen, dass ich jemanden bereits als originell bezeichne, nur weil er Hackbrett spielt, so liegen Sie falsch. Derjenige, dem ich hier das Prädikat originell im Zusammenhang mit dem nun schon mehrfach erwähnten Musikinstrument anhängen möchte, spielt nämlich Gitarre. Allerdings Bass-Gitarre, was immerhin nicht alltäglich ist. (Übrigens, im Zeitalter der Elektronik könnte dieser Begriff in der Tat falsch visualisiert werden: Eine Bass-Gitarre ist ein Instrument mit einem Doppelsteg, wobei der eine die bei einer Gitarre üblichen 6 Saiten, der andere 12 Bass-Saiten trägt. Und keine E-Gitarre). Auch nicht der Umstand, dass er als Mitglied eines – eher kleinen – alpinen Vereins winterlichen Zugang zu einer herrlich gelegenen Almhütte südlich der Benediktenwand hatte, auf der er gelegentlich seine Freunde aus längst vergangenen alpinen Tagen versammelte oder dieselben mit einer gut 20 Jahre jüngeren Freundin neidisch machte. Die Freundin übrigens spielte hervorragend Hackbrett.

Inzwischen ist sie schon lange seine Frau und der daraus entsprossene Sohn beinahe erwachsen. Aber mit dem Sohn kommen wir wieder zur Originalität meines Freundes zurück. Man könnte Originalität natürlich auch mit »eine Macke haben« übersetzen. Aber eine Übersetzung wäre es im wahrsten Sinne des Wortes und eine Beleidigung obendrein, denn als eingefleischter Altbayer würde er höchstens »der spinnt a bisserl« akzeptieren. Das aber muss er sich wohl gefallen lassen, denn ein bisserl gschpinnert war es schon, wie er das Altbayerische in seinen jungen Stammhalter einzupflanzen bemüht war. Die erste Lederhose war so dimensioniert, dass auch noch Platz für die Windeln war, der Auswahl von Kindergarten und Schule ging eine strenge Überprüfung des Personals auf bayerisches Idiom voraus und natürlich musste der Sepperl – selbstverständlich wahre ich die Anonymität, aber theoretisch müsste er ja wirklich so getauft worden sein – ein Instrument lernen. Zur Komplettierung des familiären Volksmusik-Ensembles bot sich die »Ziach« – also eine Ziehharmonika – in ihren diversen

Variationen an. Und die beherrscht er zwischenzeitlich auch mit großer Könnerschaft.

Die Geschichte, die mich wieder zurück zum Hackbrett bringt, hat sich aber zu einer Zeit abgespielt, als die Frau noch die Freundin war, um die wir ihn auch noch aus einem anderen Grund beneideten. Sie entstammte nämlich einer Gastwirtsfamilie, die einen altbayerischen Gasthof im altbayerischen Voralpenland bewirtschaftete und war somit einiges gewohnt. Während sich unsere Frauen nach einem rauschigen Abend ihrer Männer am nächsten Morgen denselben gegenüber ausgesprochen reserviert gaben, konnte man bei der Freundin unseres Freundes keinerlei Änderung in der Stimmungslage ausmachen.

Zu einem dieser Treffen auf der heimeligen Almhütte hatten wir auch unseren Sohn mitgenommen. Abends wurde fleißig musiziert und der Star war zweifelsfrei unsere Hackbrettspielerin. Das empfanden nicht nur wir Alten so, weil wir gleichermaßen von ihrem feinen Spiel und ihrer natürlichen Ausstrahlung begeistert waren, sondern auch mein Sohn, der ihr nicht mehr von der Seite wich. Das blieb auch der Mutter nicht verborgen – und kurz darauf gab es in unserem Haushalt ein unserem Sohn zugedachtes Hackbrett. Der Sohn strahlte und begann – mit eher bescheidenem Erfolg – die Saiten mit den Klöpfeln zu bearbeiten. Sein Handicap war, dass er Gitarrenunterricht erhalten hatte, wie man sich das eigentlich vorstellt, nämlich, indem man zunächst einmal Noten lesen lernt und dann auch noch lernt, danach zu spielen. Ich kenne zwar die Noten, lese sie aber wie ein ABC-Schütze das Märchen von der Gänseliesl. Das Gitarrespielen habe ich mir selbst beigebracht, wobei ich lediglich die nötigsten Grundgriffe beherrsche, um ein Lied oder ein melodieführendes Instrument zu begleiten. Aber ich habe gelernt, zu hören, wann ich von D-Dur nach G-Dur wechseln muss und da habe ich den »gelernten« Musikern offenbar etwas voraus. Und so war ich meinem Sohn gegenüber auf diesem neuen Instrument im Vorteil.

Dass ich mir eine einfache Volksmusikweise eintrainierte, während die Mutter mit dem Sohn einen Einkaufsstadtbummel absolvierte, und diese dann auch noch freudig meinen Heimkehrern zu Gehör brachte, war zugegebenermaßen ein Fehler. Dass er aber so reagieren würde, mein Sohn, konnte ich nicht voraussehen. Er begab sich nicht einmal mehr in die Nähe des eigentlich ihm zugedachten Instruments!

Und daher steht das Hackbrett jetzt in meinem Arbeitszimmer.

In diesem Jahr oblag es der Blaskapelle, das Adventskonzert auszurichten. Vermutlich hatte ich dem Schlagzeuger irgendwann einmal zu vorgerückter Stunde von meinem Hackbrett erzählt, denn er war es, der mich Mitte November ansprach. Es hätte ihnen eine zusätzlich vorgesehene Gruppe abgesagt und ich würde doch Hackbrett spielen, ob ich nicht einspringen könne. Nun ja, habe ich ihm gesagt, das wäre schon denkbar, aber allein klinge so ein Hackbrett nicht besonders und ich würde halt meinen Sohn einspannen und mich von ihm auf der Gitarre begleiten lassen. Umso besser hat er gemeint – und schon waren wir verpflichtet.

Unser erster Auftritt – ein aufmerksamer Leser kann daraus ablesen, dass es nicht der letzte war – wurde durchaus begeistert aufgenommen. Allerdings verlief er nicht ganz ohne Probleme. Völlig ruhig hatte ich noch die wenigen Stufen aufs Podium bewältigt. Als ich aber vor meinem Brett saß, wären mir beinahe die Klöpfel aus der Hand gefallen, so unverhofft fuhr mir plötzlich die Aufregung in die Unterarme. Der dritte Schlag bereits traf die falsche Saite. Dadurch, dass ich aber gewohnt war ohne Noten zu spielen, war ich auch wie ein guter Jazzmusiker daran gewöhnt, zu improvisieren und mit einigem

Glück fand ich immer wieder zur ursprünglichen Melodie zurück, ohne dass es allzu dissonant geklungen hätte. Noch im Nachhinein muss ich meinem Sohn ein großes Kompliment machen: Zwar schaute er gelegentlich etwas verwundert, wenn ich gerade wieder eine ungewollte Pirouette drehte, aber ansonsten ließ er sich nicht aus dem Konzept bringen.

Als wir schließlich wieder an unserem Tisch Platz genommen hatten, wo die Mutter mit ihrem Sohn gefiebert hatte, der es gar nicht nötig gehabt hätte, wurden wir noch einmal von den umliegenden Tischen beglückwünscht, wie schön das gewesen sei. Dem Dorflehrer gestand ich dann ein, dass ich mich die Hälfte der Zeit außerhalb der geplanten Melodie bewegt hätte, worauf er sagte »Gehört habe ich es nicht, aber dass irgendetwas nicht ganz in Ordnung war, habe ich dir angemerkt. Du hast dich zwischendurch immer wieder hinter den Ohren gekratzt«.

Im folgenden Jahr erinnerte sich auch der Gesangsverein an uns und bat uns um Mitwirkung. Die ältere der beiden Töchter verstärkte uns dieses Mal mit dem Bass, ich hatte mir von meinem Hausarzt probeweise einen Beta-Blocker verabreichen lassen, was meine Fehlerquote gegen Null gehen ließ und das Publikum war wieder rundum zufrieden. (Nur meine Frau sagte mir, ich solle das mit dem Blocker nicht noch einmal machen, das sei nicht mehr ich gewesen, der dort oben agiert habe. Ich habe das damals so interpretiert, dass sie mich nicht nur mit meinen Fehlern sondern wegen meiner Fehler liebt. Das war allerdings ein Missverständnis).

Zwei Jahre später sollte auch die jüngere Tochter mit ihrer Querflöte mitwirken. Während die ältere damals mit Eifer und Freude ihrem Debüt auf der Bühne entgegengesehen hatte, ließ die Kleine keinen Zweifel daran, dass sie das lediglich aus familiärer Solidarität mitmache. Schon bei den Proben machte sie sich rar. Ich muss allerdings auch einräumen, dass sie tatsächlich ihren Part meist fehlerfrei beisteuerte und ich derjenige war, der die Proben am nötigsten hatte.

5 Stunden noch bis zum großen Ereignis. Die Nervosität setzte bei mir diesmal um einiges früher ein. Also begab ich mich in mein Arbeitszimmer, um meinen Teil noch ein paar Mal durchzuspielen. Da tauchte die Kleine auf und wollte wissen, wie das eigentlich sei, ob sie auf einem Stuhl sitze oder stehen müsse. »Ich muss natürlich sitzen vor dem Hackbrett«, sagte ich, »der Gitarrist sitzt ebenfalls und deine Schwester mit ihrem Bass steht. Und die Querflöte steht auch«. Es kam nicht unmittelbar, aber nach einer kurzen Bedenkzeit mit umso größerer Bestimmtheit: »Ich will auch sitzen!« »Das geht nicht!«. »Dann spiele ich nicht mit!«

Ich beantrage beim Leser mildernde Umstände wegen der bereits angeführten Nervosität, aber natürlich war es nicht in Ordnung, dass ich meine Klöpfel in die Ecke warf und meinen Frust loszuwerden versuchte, indem ich laut vor mich hin schimpfend durch den Wald rannte. Als ich nach mehr als einer Stunde wieder zurückkehrte, hatte die Mutter ein Wunder vollbracht. Wenn ich auch nicht mehr weiß, wie der Kompromiss ausfiel, aber offenbar konnten wir beide damit leben, wenn wir auch vor dem Auftritt kein Wort mehr miteinander wechselten.

Unser musikalischer Beitrag wurde als das Highlight des Abends gefeiert. »Und«, gestand eine sichtlich gerührte ältere Dorfbewohnerin meiner Frau, »besonders schön ist es, zu beobachten, was für eine Harmonie in dieser Familie herrscht«.

Gutenachtkuss

Mit dem 7. Semester wird es allmählich ernst. Unter anderem gilt es, sich ein Diplomarbeits-Thema zu suchen. Dafür gibt es grundsätzlich zwei Möglichkeiten: Entweder man wartet selbst – z.B. über seine Tätigkeit an der letzten Praktikumsstelle – mit einem solchen auf, dann muss man nur noch einen Betreuer finden, dem das Thema ergiebig genug erscheint. Oder aber man spricht bei einem der Professoren vor, ob dieser einen interessanten Vorschlag anzubieten hätte. Später, als ich selbst für solche Fälle immer einen gewissen Themenkatalog parat haben musste, wurde mir klar, dass sich das »interessant« sehr unterschiedlich auslegen lässt. Und dass ein späterer Arbeitgeber hieraus bereits seine Rückschlüsse hätte ziehen können.

Mit das erste, was Studenten zu Beginn ihres Studiums in Erfahrung bringen, ist, in welchem Fach ein übermäßiger Eifer überflüssig ist, welcher Dozent eine relativ milde Hand bei der Notengebung walten lässt und bei wem man wirklich etwas leisten muss. Dies trifft in Sonderheit für Diplomarbeiten zu. Und wird schließlich um einen nicht zu vernachlässigenden Faktor ergänzt: Die Eitelkeit des Betreuers. Während ich meinen Diplomanden am Ende der Themenbesprechung den Abgabetermin nannte und ihnen mit auf den Weg gab, dass ich jederzeit für sie zur Verfügung stünde, wenn sie mich bräuchten, dass es mir aber auch recht sei, wenn sie mir zum genannten Termin das fertig gebundene Exemplar auf den Tisch legten, gab es Kollegen, die grundsätzlich monatliche oder gar wöchentliche Zwischenberichtstermine festlegten. Der Gedanke des eigenständigen Arbeitens wurde da manchmal, so konnte ich mich des Eindrucks nicht erwehren, zugunsten der eigenen Befriedigung des Professors aufgegeben. Bei der

Notenfeststellung in der Prüfungskommission fiel dann der Schein seiner makellosen »Einser«-Liste der von ihm betreuten Arbeiten – so glaubte er – auch auf ihn zurück. Wer wollte es einem Studierenden verdenken, wenn er sich also seinen Betreuer nach diesem Gesichtspunkt auswählte. Und dem zusätzlichen »Wie komme ich mit möglichst wenig Aufwand zu einer optimalen Note«.

Solche Überlegungen kamen bei mir, als sich mein Studium dem Ende zu neigte, gar nicht erst auf, als ich hörte, am photogrammetrischen Institut wird jemand für eine Gletscherkartierung gesucht. Die Aufgabe sah zwei Bearbeiter vor, einer, der die Außenaufnahmen erledigen sollte und einer, der für die Auswertung der terrestrisch photogrammetrischen Aufnahmen und die kartographische Aufarbeitung verantwortlich zeichnete. Und wenn ich noch hätte etwas dafür bezahlen müssen – diese Arbeit im Gebirge hätte ich mir nicht nehmen lassen. Für den zweiten Teil der Arbeit hatte sich ein Studienkollege gefunden, mit dem ich mich sehr gut verstand, der für diese Aufgabe eine besondere Begabung mitbrachte und genau das später auch zu seinem beruflichen Lebensinhalt machte.

Als grobe Orientierung sagte man mir, dass ich für zwei Gletscher im Glocknergebiet das Grundlagennetz anzulegen und dann die photogrammetrischen Aufnahmen durchzuführen hätte. Wie sich herausstellte, waren unsere »Auftraggeber« die beiden geografisch ambitionierten Söhne der Hüttenwirtsfamilie auf der Rudolfshütte am Enzinger Boden.

Als mich schließlich die Seilbahn mit meiner Ausrüstung, einem Stapel Stativen, einem Koffer mit Zieltafeln, dem Sekundentheodolit und der terrestrischen Kamera sowie einem Pack fotografischer Platten ausgespuckt hatte und ich inmitten dieses herrlichen Gebirgskessels stand, war meine Gefühlswelt ziemlich ambivalent: Einerseits fühlte ich mich sehr einsam und verlassen – waren wir doch bislang gewohnt, in Gruppen zu arbeiten, so dass eine Entscheidung, wie man die gestellte Aufgabe angehen sollte, immer gemeinsam im Team getroffen wurde. Andererseits gab mir diese Situation, ganz auf mich gestellt zu sein, ganz allein entscheiden zu müssen, das Gefühl der Freiheit, ja eines gewissen Stolzes.

Wenigstens wurde ich mit großer Herzlichkeit in der Hütte aufgenommen. Die Rudolfshütte ist zwar eine Alpenvereinshütte, hat aber mit einer einfachen Bergsteigerunterkunft kaum noch etwas gemein. Durch ihre Nähe zu einer Seilbahn hatte sie damals schon mehr den Charakter eines Hotels.

Den ersten Tag war ich vom frühen Morgen bis zum späten Abend auf den Beinen, um mir einen Überblick zu verschaffen, um Festpunkte für mein Vermessungsnetz zu erkunden, festzulegen und zu vermarken, um eventuell vorhandene Punkte der österreichischen Landesvermessung zu identifizieren und auf ihre Verwendbarkeit zu überprüfen und um markante Punkte im Bereich der Gletscher auszuwählen oder zu bauen, die mir als Passpunkte dienen sollten. Punkte also, die ich lediglich durch entsprechende Richtungsbeobachtungen von meinen Festpunkten aus koordinieren würde, ohne sie als Standpunkte zu nutzen. Das setzte natürlich voraus, dass ich von den Festpunkten aus möglichst gute Beobachtungsbedingungen brauchte. Die Gefahr bei solchen natürlichen Zielen, z.B. einem markanten Gratzacken, besteht freilich immer darin, dass diese vermeintlich so auffällige Felsfigur aus einem anderen Blickwinkel – wenn sie nicht mehr gegen den freien Himmel abhebt – überhaupt nicht mehr auffällt und völlig gegen den Hintergrund verschwindet. Insofern findet sich weiter oben das »bauen« nicht von ungefähr. Ein selbst gebauter Steinmann mit einer im Urgestein leicht zu findenden stelenartigen Felsnadel, umwickelt mit farbigem Stoff oder Papier, war wesentlich eindeutiger durch das Theodolitfernrohr zu identifizieren. Aber für das grobe Auffinden mit dem bloßen Auge, war es natürlich von Vorteil, wenn der Steinmann selbst schon an einem leicht erkennbaren Fleck errichtet war. So baute ich beispielsweise einen solchen Passpunkt auf einen weithin sichtbaren riesigen Felsbrocken, dessen Besteigung selbst ein klettertechnisches Problem darstellte. Und nun musste ich auch noch im Rucksack geeignetes Felsmaterial hinaufhieven! Ich war jedenfalls einigermaßen ausgelaugt und müde, als ich wieder bei der Hütte landete.

Das Abendessen sei fertig, sagte man mir und dass man nur noch auf mich gewartet habe. Also verzichtete ich auf jedwede Verschönerungsrituale und setzte mich verschwitzt wie ich war an den Tisch. Der größte Teil des Personals und die vollzählige Hüttenwirtsfamilie saßen um den Tisch, man erkundigte sich, ob ich erfolgreich gewesen sei und häufte mir auf den Teller als wäre ich nicht einen sondern fünf Tage unterwegs gewesen. Ich fühlte mich umsorgt und ausgesprochen wohl.

Der Hüttenwirtsfamilie gehörte auch ein kleiner Knirps an, für den Schlafenszeit angesagt war. Er wurde nun rund um den Tisch auf Tour geschickt, um sich seinen Gutenachtkuss abzuholen. Fröhlich warf er sich in die Arme seiner Großeltern und der sonstigen Verwandtschaft, dann kam er ohne Scheu zu mir, und hielt diesem verschwitzten, unrasierten Typen sein Gesichtchen entgegen. Blieb noch die bildhübsche junge Dame vom Empfang. Mit sichtlichem Widerwillen ließ er die rotgeschminkten Lippen gewähren. Kaum war die Prozedur erledigt, wischte er sich mit dem Ärmel ostentativ über das ganze Gesicht und verschwand Richtung Schlafkammer.

Auf die Idee, dass andere junge Männer vielleicht anders reagiert hätten, kam die Hübsche leider nicht, so dass auch ich – anders frustriert als der Kleine – bald meinem Lager zustrebte.

Tessiner Haute Route

Wer nur irgendwie alpinistisch angehaucht ist, weiß, was unter der »Haute Route« zu verstehen ist. Selbst wenn er es nicht genau weiß. Aber er weiß zumindest, dass damit die hochalpine Skitour schlechthin gemeint ist. Sie führt im Original von Argentière nach Saas Fee in 7 Etappen quer durch die Walliser Berge. Und die sind bekanntlich zwischen 3500 und 4500 m hoch.

Dass es auch eine Tessiner Haute Route gibt, habe ich von einem Freund aus alten Klettertagen erfahren, der einige Jahre in der Schweiz sein Brot verdient hatte. Der wiederum kannte einen Lokomotivführer, der eine einzige Strecke befuhr, nämlich die Gotthardbahn zwischen Bellinzona und Göschenen bzw. Göschenen und Bellinzona. Dort wohnte er und in seiner Freizeit hatte er in den reichlich vorhandenen Felsen, die in den Kastanienwäldern südlich der Bahnlinie – zu meinem Wissen sogar auf Bahngrund – aufragten, einen Klettergarten eingerichtet, der mit der Zeit ein beliebter Anlaufpunkt für die um den Gotthardt herum sich tummelnde internationale Klettergilde an Schlechtwettertagen wurde. Und weil er mit Lokomotiv-Kutschieren und Klettergarten offensichtlich noch nicht ausgelastet war, erfand er die Tessiner Haute Route. Sie beginnt auf gut 2000 m Höhe am Passo del San Bernardino und endet nach mehreren Pässen, Gipfeln und Tälern – und natürlich Tagen – auf 200 m Höhe in Locarno.

Nun bin ich zwar jemand, der sich seine Skitouren am liebsten selbst heraussucht. Da habe ich auf meiner letzten Unternehmung in der Ferne eine verführerische Flanke gleißen, einen markanten Gipfel dominieren gesehen und beim häuslichen Kartenstudium sagt mir dann die Dichte der Höhenlinien, das Vorhanden- oder Nichtvorhandensein von Hüttenstützpunkten und die Wintertauglichkeit der Anstiege zu diesen, ob man sich das nicht einmal näher anschauen sollte. Das betrifft aber immer Regionen, die mir insgesamt nicht ganz fremd sind. Das Tessin dagegen war mir weitestgehend unbekannt. Im Besonderen reizte mich aber der geradezu fantastische Gegensatz, auf durchaus eisiger Höhe zu beginnen und unter Magnolienblüten wieder in die Zivilisation einzutauchen.

Es hatte frisch geschneit, die Wetterprognosen waren eher unklar und konditionell war ich auch nicht in der besten Verfassung. Vorsichtshalber hatte ich aber am Montag Abend schon einmal die wesentliche Ausrüstung in Reih und Glied gestellt – für den Fall der Fälle. Am Dienstag um 10 Uhr läutete bei meiner trotz Fasching arbeitsamen besseren Hälfte das Telefon, um ihr mitzuteilen, – was sie vermutlich längst wusste, – dass sie sich den Faschingsdienstag frei gestalten konnte/durfte/musste.

Die Schweiz empfing mich mit intensiv blauem Himmel und angestaubten Höhenzügen. Am Bernardino strahlte die Sonne von einem völlig freien Firmament, der Neuschneezuwachs schien geringer als befürchtet, allerdings der Wind, der Hauptverantwortliche in Sachen Lawinengefahr, war offensichtlich ziemlich aktiv gewesen. Was ich aus der Karte herauslesen konnte, war unter diesen Umständen die Abfahrt über die Westseite des Rheinwaldhorns ins Val Blenio nicht ganz risikolos. Ein Bergführer, der mir im Ort San Bernardino über den Weg lief, bestätigte meine Bedenken und so verzichtete ich auf die erste Etappe, fuhr nach Bellinzona hinunter und von dort wieder hinauf nach Campo Blenio. Nachdem der Wegweiser für den Aufstieg zur Bovarina-Hütte – im Gegensatz zu meiner Routenbeschreibung – nur 2 ½ Stunden prophezeite, machte ich mich noch auf den Weg. Zwar war es schon 17 Uhr und die Dunkelheit würde nicht mehr lange auf sich warten lassen.

Aber mir schien der Weg klar vorgezeichnet und im Wald fand ich eine Spur, der ich freudig folgte. Um 19:30 Uhr – jetzt hätte ich ja theoretisch vor der Hütte stehen sollen – zog ich erstmals den Höhenmesser zu Rate. Er informierte mich, dass ich bereits ca. 100 m zu hoch war. Die nun außerdem befragte Karte klärte mich außerdem darüber auf, dass ich links einer ausgeprägten Schlucht stand, die Hütte aber eindeutig rechts von dieser ihren Standort hatte. Das merkte unmittelbar danach aber auch meine Spur, fand einen Übergang durch die Schlucht und von einer Anhöhe aus entdeckte ich den warmen Widerschein des Lichts aus einem Hüttenfenster auf der Schneefläche. So versteckt, wie die Hütte gelegen ist, hätte ich sie in der Dunkelheit wohl kaum gefunden, wenn nicht zufällig eine kleine Gruppe von Schweizer Bergsteigern eine Nacht dort oben verbracht hätte.

Um 8 Uhr bin ich auf dem Weg in einen einsamen Tag. Schnell ist die Hütte aus meinem Gesichtsfeld verschwunden, der Aufstieg hinauf zum Passo di Gana Negra führt über flaches, weites Almgelände. Der Schnee ist verblasen, teils tragend, teils brüchig und die gelegentlichen Felsbastionen sind wirklich kohlrabenschwarz, wie aus Kohle gepresst. Der voluminöse Rucksack und die mangelnde Praxis würden eventuellen Zuschauern einen durchaus erheiternden Anblick beschert haben, so wie ich die Abfahrt hinunter zur gesperrten Passstraße über den Lukmanier »meistere«. Aber ich bin vollkommen allein.

Unten an dem sich durch die Schneelandschaft schlängelnden Bach montiere ich wieder die Felle auf meine »Kurzen« – seit meiner frühesten Jugend waren meine Ski nie länger als 1.20 m – und ich mache mich an den Aufstieg zum Passo del Sole. Es ist Mittag vorbei, die Sonne hat endgültig die Oberhand gewonnen. Die Route scheint ziemlich klar vorgegeben – an zwei Almhütten vorbei und dann um einen mächtigen Rücken herum oder gerade hinauf. Das werde ich vor Ort entscheiden. Da entdecke ich plötzlich bei der zweiten Alm eine frische Spur. Das ist mir gar nicht unangenehm, der Schnee ist hier doch ziemlich tief und schwer. Als ich den lichten Baumbestand hinter mir gelassen habe, schwingt eine Gestalt, die sich durch das auffällige Emblem auf dem Anorak als »guido« ausweist oberhalb von mir ab. »A Capanna?« »Si«.«Bello!" Er begeistert sich an meiner Statt, bedeutet mir aber, dass ich ab jetzt selbst spuren müsse, die Schneebeschaffenheit sei doch nicht ganz ideal. Er weist mir noch den weiteren Weg und als sein Kunde schließlich auch aufgetaucht ist, setzen sie ihr Bergab-Pflügen fort, während ich schon bald meine Spur durch jungfräulichen Schnee lege. Eine gewaltige Einsamkeit umfängt mich.

Die Sonne rüstet sich schon allmählich für den Abschied, als ich am Passo del Sole auf knapp 2400 m stehe. Eine weite unberührte Fläche liegt im warmen Abendlicht und führt hinunter zu meinem heutigen Nachtquartier. Mit den letzten Sonnenstrahlen parke ich meine Ski vor einer verschlafenen Hütte. Den Eingang der Capanna Cadagnio muss ich erst freischaufeln, aber dann bin ich wieder bestens aufgehoben: Da stapelt sich ausreichend Holz für einen sehr nutzerfreundlichen Ofen, für die erste Orientierung gibt es Licht aus Solarstrom und – ein gut gefülltes Weinregal! Zwar sind 20 Franken für eine Flasche Ticino Rosso kein Pappenstiel – aber mir fällt spontan mein letzter Aktiengewinn ein. Da sollte man sich doch einmal etwas leisten können! Als der Ofen erste Wärme verschenkt, der erste Topf Schnee für eine Suppe geschmolzen ist, tausche ich das kalte Solarlicht gegen eine gute alte Kerze und mache es mir, eingemümmelt in meine Daunenjacke, gemütlich. Ehe ich müde und beseligt unter die kälteklammen Decken krieche, schaue ich noch einmal vor die Hütte. Der Vollmond taucht die Schneekulisse in ein kaltes, klares Licht, kein Lüftchen regt sich, nicht das leiseste Geräusch ist zu hören, so als wären auch Luft und Laut in der eisigen Kälte erstarrt.

Am nächsten Tag stehe ich mit dem ersten Licht in der Bindung. Der Schnee ist hart und schnell und so bin ich trotz des geringen Gefälles bald an dem Stausee. Von der Mauer geht es eine Weile auf der Zufahrtstraße, bis diese zu häufig apere Stellen bekommt. Da kommt der firnige Hang unterhalb eines zwischen Licht und Schatten dösenden almerischen Räubernestes gerade recht. Dann aber ist auch da Schluss. Ich lege mir die Ski quer über den Rucksack und mache mich auf den Weg in das tief unter mir liegende Piotta. Per Anhalter schaffe ich es bis nach Airolo und nach einem körperlichen Auftanken im Bahnhofsrestaurant noch einmal unter freundlicher Mithilfe fremder Autofahrer bis Ossasco. Von dort geht es hinauf zu meiner nächsten Unterkunft, der Capanna Cristallina. Dies ist eine bewartete Hütte, das heißt, es ist jemand da, der nötigenfalls nach dem rechten sieht, aber an der Selbstversorgersituation ändert sich nichts. Eine kurze Brotzeit, dann mache ich mich mit den verbleibenden 2 Stunden Tageslicht und rucksack-unbeschwert auf den Weg zum Cristallinagipfel. Es ist kurz nach 17:30 Uhr als ich auf 2900 m in der Abendsonne stehe, ein wundervoller Augenblick, das warme Licht über den kalten Schneegraten, der Blick geht weit und bleibt doch an der schattigen Nordflanke des massigen Nachbarn hängen. Zuerst eine Querung über steilen Hängen hinüber zu einer Scharte, dann eine gewagte Einfahrt zwischen Felsabsätzen, schließlich ein traumhafter Hang mit gut 30 cm Pulver hinunter zur Hütte. Eine dicke Erbsensuppe und ein wehmütiger Blick auf das Weinangebot – aber eigentlich bin ich doch ziemlich müde und so schlüpfe ich bald unter die Decken.

Der nächste Morgen ist unverändert unverhangen. Mein Weg führt mich wieder in völlig einsame Gefilde. Das steile Kar, das hinaufzieht zum Passo de Narèt, liegt unberührt und pulvrig in bläulichem Schatten, die beiden Gipfel links und rechts des Passes nehme ich als Zusatzleistung mit, danach geht es nur noch bergab auf herrlichstem Firn. Schon längst fahre ich auch wieder sicher genug, um trotz des schweren Rucksacks das schnelle Tieferfliegen genießen zu können. Wieder lande ich nach rasanten Abfahrten an einem Stausee und lasse es mir unter einer Lärche in der Sonne gut gehen. Kein Mensch weit und breit, den ganzen Tag nicht. Als die Sonne sich frühzeitig hinter den hochaufragenden Felskulissen zu verabschieden beginnt, fahre ich hinunter nach Fusio, einer Ansammlung von an die Felsen geklebten wenigen Häusern im hintersten Grund des Val Lavizzara. Viel Sonne sehen die Bewohner während der Wintermonate in diesem schattigen Loch nicht! Man bietet mir ein unerwartetes Quartier im »Ostello« des Gemeindehauses. Damit habe ich eine hochmoderne Küche zur Verfügung und zu meinen in der Pfanne brutzelnden Schinkenmakkaroni habe ich im Cooperativo ein Fläschchen vino rosso erwerben können.

Am nächsten Morgen bringe ich mit einiger Mühe Schlüssel und Geld los und erhalte zugleich das Angebot einer Mitfahrgelegenheit durch den Cooperativo-Betreiber hinaus bis nach Pratto, von wo aus meine urigste und rassigste – so die Routenbeschreibung – Etappe beginnt. Ein mit Kastanienschalen und –laub ausgelegter Weg führt hinein ins Val Pratto zu den Monti di Predee, einem malerischen Fleckchen auf 1000 m Höhe, zu Sommerhäusern ausgebaute ehemalige Almhütten aus grauem Granit. Dann beginnt der Sommerweg hinein ins wilde Val Pertusio, über dessen schroffem Abschluss die Fuorcla di Redorta einen schmalen Einschnitt bildet. Sie gilt es zu erreichen. Wie, das ist mir relativ unklar. Wahrlich kein Skigebiet! Das Vorwärtskommen auf dem Weg ist mühsam, wie in einem Gletscherbruch muss man die Schneekappen auf den wegbegleitenden Urgesteinsblöcken umgehen, überwinden, überlisten. Das Talende wirkt wirklich beängstigend. Ringsherum himmelhohe Felswände, in die nur wenige auch nicht gerade vertrauenerweckende Schneefluchten eingelagert sind. Ein Blick auf die Karte lässt keinen Zweifel: Ich müsste den Bach queren, das steile Schneefeld unterhalb des mit drei gefrorenen Wasserfällen dekorierten Felsgürtels hinauf und dann im linken Bereich an der schwächsten Stelle durch die Felsen. Das ganze schaut so abenteuerlich aus, dass ich mich schon mit dem Gedanken abgefunden habe, in die Zivilisation zurückzukehren. Doch dann sehe ich sie plötzlich, die unscheinbare rote Markierung, nach der ich mir die Augen ausgeschaut habe. Und nachdem ich nun weiß, dass ich richtig bin, erahne ich auch eine weiter oben in den Felsen. Mit den Steigeisen folge ich zunächst einer Eisrinne, dann quere ich auf einem Band in die Felsen und entdecke auch ein paar Meter freiliegendes Drahtseil. Als ich die Felsen hinter mir habe, stehe ich in einem ungemütlich steilen und tiefen Schneehang. Es ist eine fürchterliche Schinderei, aber schließlich erreiche ich das riesige Rund, das unter den dunklen Wänden des Monte Zucchero hinüber führt zur Fuorcla.

Es ist kurz vor 16 Uhr, als ich die Scharte erreiche. Aus der Tiefe steigt nebelähnlicher Dunst und vor allem lässt mich die Steilheit der Rinne, die ungefähr 500 m tiefer in einem braunen Lawinenkegel endet, nicht so recht glauben, dass dies wirklich meine Route ist. Aber sie ist's!

Viel Zeit zum Fürchten habe ich nicht. Der Wind ist eiskalt, ich bin verschwitzt und die Zeit läuft mir davon. Die erste zaghafte Schrägfahrt über schaurigen Abgründen – der Schnee ist noch weich und es geht viel besser als befürchtet. Gute 600 Höhenmeter tiefer wird der Schnee morsch und spärlich. Erst jetzt habe ich richtig Augen für eine urgewaltige, dramatische Szenerie mit himmelhohen Flanken, aus denen Wasserfälle niederstäuben, -fliegen, -tosen. Ich habe es geschafft, egal, ob ich noch eine oder drei Stunden brauche bis hinaus nach Sonogno, ich bin glücklich und auch ein bisschen stolz auf mich, freue mich an der unendlichen Ruhe und Einsamkeit. Unten an dem Almsträßchen gibt es noch einmal Schnee, schnellen Schnee im richtigen Gefälle und so bin ich um 18 Uhr, 10 Stunden nach meinem Start über den Kastanienweg, wieder unter Menschen. Als ich in die Gaststube des einzigen Wirtshauses am Ort trete, verstummt tatsächlich für einen kurzen Moment das italienische Geschnatter. »Un camere?« »Si«. Das ist schon einmal eine gute Nachricht. Wo ich denn her käme, will man wissen. »Da Prato via Fuorcla Redorta«.«No, no possibile, è una via d'estate, difficile en estate, no iverno!" Ich würde ihnen ja gerne erklären, dass es da einen verrückten Lokomotivführer in Bellinzona gibt, der sich so etwas ausdenkt – aber dafür fehlt mir der Wortschatz. Außerdem will ich duschen, Hunger und Durst genüsslich den Garaus machen und dann mich in ein warmes Bett verkriechen.

Der nächste Tag beginnt gemütlich. Um 8:30 Frühstück, um 9 Uhr bringt mich der Postbus hinaus bis unterhalb Corippo, einem malerisch an den Hang über der Wildwasserschlucht geschmiegten Felsennest. Eine wahrlich sonntägliche Stimmung umfängt mich. Dies ist der letzte Tag, der mich bei immer noch fantastischem Wetter zu den Magnolienblüten bringen soll. Eine gemütliche Ausklang-Etappe. Sie wird zweifellos die ungewöhnlichste und – gefährlichste!

Knapp zwei Stunden geht es durch lichten Kastanienwald von Corippo nach Mergoscia. Es ist frühlingshaft warm, und die Schneegrenze liegt fast 1000 m höher. Glücklicherweise begegnet mir niemand, er oder sie hätte mich vermutlich für einen Alien gehalten. Mitten im Kastanienwald, nur in Turnhose und den Innenschuhen, dafür mit einem Rucksack, auf dem die Skier quer festgezurrt sind und daran wiederum hängt meine gesamte Oberbekleidung und die Plastikschalen der Skischuhe. Der Almweg von Mergoscia bis unter die Schneeflanke der Cima di Trosa ist ein reines Freudenfest an Farben, hübschen Hütten und Wasser. Ganz hinten, als ich gerade wieder in die Schalen schlüpfe, biegt plötzlich ein einzelnes Mädchen um ein Felseneck. Wir sind wohl beide gleich verblüfft, hier oben noch jemanden zu treffen. Während meines Aufstiegs über die steile Schneeflanke der Ostseite höre ich sie gelegentlich auf der Flöte spielen. Dann stehe ich am Gipfel, habe einen traumhaften Blick auf den Lago Maggiore und man gönnt mir noch einmal eine kurze aber rasant steile Abfahrt in herrlich griffigem Firn. Allerdings verpasse ich auf diese Art und Weise den Zugang zu der Seilbahn, die mich eigentlich nach Locarno hinunter bringen soll. Dann spare ich mir halt das Geld und wandere die 1100 Höhenmeter zu Fuß hinunter – ich habe ja den ganzen Nachmittag vor mir!

Es ist schon längst finster, als ich endlich erschöpft, entnervt, zerkratzt und mit zerrissenem Hemd und Hose in Avegno den Bus nach Locarno besteige. Vermeintlichen Abkürzern folgend hatte ich mir eine Schlacht mit den Buschwäldern der Südseite der Cima di Trosa geliefert. Phasenweise hatte ich schon die fette Schlagzeile auf der Titelseite der »Bild« vor Augen: »Erfahrener Bergsteiger oberhalb des Lago Maggiore im Gebüsch an Verzweiflung gestorben«.

Unsterblichkeit

Ich habe ein Buch geschrieben. Um bei der Wahrheit zu bleiben: es ist eher ein Büchlein geworden.

Möglicherweise geht es Ihnen genauso – ich habe mich eigentlich noch nie gefragt, warum es Menschen gibt, die Bücher schreiben. Ich habe mich höchstens gefragt, wie ausgerechnet **der** auf die Idee gekommen sein mag, ein Buch zu schreiben. Und – wie es ausgerechnet **dem** gelungen ist, einen Verleger für diesen sprachlichen Schrott zu finden.

Um hier meine Erfahrungen und Beweggründe der Menschheit nicht vorzuenthalten: Bei mir war es einfach eine plötzlich aufkommende Lust am Fabulieren, Formulieren und Komponieren. Was die Sache mit den Verlegern betrifft, so habe ich darauf schlicht keine Antwort.

Vor vielen Jahren war es unserem Dekan gelungen, das für uns zuständige Ministerium zu überzeugen, dass unsere Studenten eine sogenannte Hauptvermessungsübung bräuchten, in der sie die verschiedenen Bereiche der Vermessungskunst an simulierten Projekten über einen längeren zusammenhängenden Zeitraum hinweg praktisch bearbeiten sollten. Dabei ging es uns von der Ausbildung her im wesentlichen um zwei Gesichtspunkte: Zum einen um die Gesamtheit einer Projektbewältigung von der Geländeaufnahme, der Auswertung und Planerstellung bis zur Projektierung und Absteckung. Und zum zweiten um das Arbeiten im Team. Voraussetzung für die Umsetzung dieser Gedanken war aber ein geeignetes Gelände. Und geeignet bedeutete wiederum einerseits topografisch einigermaßen anspruchsvoll und andererseits frei zugänglich. Die Rhön schien uns dafür die passende Region, vor allem weil wir dort auch hinsichtlich günstiger Unterkunftsmöglichkeiten fündig wurden.

Seltsamerweise war keiner meiner Kollegen sonderlich scharf darauf, 14 Tage fern der Familie zu verbringen und so überließ man mir in gegenseitiger Übereinstimmung über viele Jahre diesen Job. Und ich habe ihn ausgesprochen gern getan. Erstens fand ich es bereichernd, auch am Abend mit den mir anvertrauten jungen Menschen nach getaner Arbeit zusammenzusitzen, über die eventuell aufgetretenen Probleme fachlich zu diskutieren und ebenso über ihre Einstellung zu alltäglichen Dingen zu erfahren, ihre privaten Sorgen kennen zu lernen und auch mal gemeinsam zu feiern. Ein zweiter Aspekt aber war, dass ich sie verstärkt zur Selbstständigkeit hinführen, sie also nicht laufend beaufsichtigen wollte. Sie bekamen ein Projekt zugewiesen, z.B. einen Skilift zu planen und abzustecken oder die Verbindung zweier vorgegebener fiktiver Tunnelportale nach Lage und Höhe herzustellen. Und die Verwirklichung überließ ich ganz dem Team. Bis hin zu der Konsequenz, dass ich ihnen sagte, wenn sie die Arbeit, für die ich eine Woche kalkuliert hatte, in drei Tagen erledigen würden, so könnten sie sich anschließend in die Sonne legen oder meinetwegen auch nach Hause fahren. Es war jedes Jahr wieder interessant zu beobachten wie unterschiedlich die einzelnen Gruppen vorgingen, nein, allein schon wie sich die Teams zusammenfanden. In der Regel bestand eine Gruppe aus 3-4 Mitgliedern und in schöner Regelmäßigkeit fanden sich die Besten des Semesters zu einem Team zusammen ebenso wie die Schlechtesten. Das Spitzenteam begann auch sofort Zuständigkeiten aufzuteilen und dann erkundeten zwei das Gelände, während ein anderer sich um die benötigten Gerätschaften kümmerte und schon die Grundlagen für die Computerauswertung schuf. In der gegensätzlichen Gruppe dagegen stand man zunächst einmal lange unschlüssig herum, bis sich endlich einmal einer ermannte und in Bewegung setzte – gefolgt von seinen dankbar hinterhertrottenden Kollegen.

Mein Bestreben, sie zur Selbstständigkeit zu erziehen, brachte aber umgekehrt auch mir ein hohes Maß an Ungebundenheit ein. So hatte ich grundsätzlich mein Rad dabei und unternahm ausgedehnte Radtouren, wobei ich immer wieder einmal unverhofft bei meinen Studenten vorbeischaute. Und wenn mir nicht nach Radfahren war, dann konnte ich ja auch wandernd meiner lockeren Überwacherfunktion nachkommen.

Bei einer dieser Wanderungen über die Hügel der Rhön, kam mir plötzlich der Gedanke, ein paar Seiten mit meinen alpinen Reminiszenzen zu füllen. Mag sein – aber das weiß ich nicht mehr mit Bestimmtheit – dass ich gerade wieder einmal ein Bergbuch in der Hand gehabt hatte, in dem es nur um kratzende Fingernägel an unmöglich erscheinenden Überhängen und Todesgefahren im Akkord ging. Ich vermisste einfach in der damaligen Bergliteratur einen Hans Ertl, der uns junge Burschen mit seinen »Bergvagabunden« mitriss oder einen Karl Lukan, der seine durchaus hochwertigen Unternehmungen in eine leichte, humorvolle Schreibweise packte, so dass man seine Bücher mit gleichermaßen ausgeprägtem Respekt und Schmunzeln lesen konnte. So wollte auch ich meine Erinnerungen an schöne und schlechte Tage, an erfolgreiche und erfolglose Wochenenden, an Seilkameraden und Hüttenwirte, an Familien- und Alleintouren niederschreiben, frei von Alpin-Pathos sondern erfüllt von der ganzen Gefühlspalette, die ich im Gebirg erleben durfte, von überbordender Freude und Blödelei im Freundeskreis, von stillen, melancholischen Momenten an einem Bergsee, im Gras unter einer wolkenhoch aufstrebenden Felswand, auf einem einsamen Gipfel im Abendlicht und gleichermaßen von Müdigkeit, Verzagtheit, Angst.
Es war eine schöne Zeit, diese Spätabendstunden, an denen ich mich mit einer Flasche Rotwein in mein Arbeitszimmer zurückzog, zunächst ein grobes Konzept entwarf, Stichpunkte

notierte und dann ans Ausformulieren ging. Meiner Frau hatte ich nichts erzählt von meiner Idee und so dauerte es eine Weile, bis ihr mein ständiges Rotwein bestücktes Abtauchen verdächtig vorkam. Zuerst mutmaßte sie Ärger mit den Kollegen, einen zusätzlichen Aufgabenbereich, den man mir möglicherweise aufgehängt hatte und der die Vorbereitung neuer Vorlesungen erforderte – oder nutzte ich etwa die neuen Techniken des Computerzeitalters doch für heimliche Korrespondenzen mit einer Freundin? Als sie dann den wahren Grund erfuhr, kannte die Neugier natürlich keine Grenzen. Aber ich blieb hart. Einen Vorabdruck für meine neugierige Ehehälfte würde es nicht geben!

Nachdem ich ja zu dieser Zeit auch noch das Arbeitszimmer zur Ausübung beruflicher Arbeit aufsuchen musste, entstand mein »Oeuvre« nicht innerhalb von 14 Tagen, sondern zog sich über einige Herbst- und Wintermonate hin. Aber dann war es endlich soweit. Das Manuskript war nicht nur inhaltlich fertig, sondern auch vom Handschriftlichen in ein Text-File getippt und –wenn auch mit einigen technischen Schwierigkeiten – ausgedruckt.

Nun galt es, einen geeigneten Verlag zu finden. Ich wälzte also Alpinzeitschriften und Branchenverzeichnisse. Dann holte ich mir Rat bei unserem dorfansässigen »echten« Schriftsteller, wie man denn einem schließlich auserkorenen Verlag gegenüber auftreten solle – als Gönner, der seine schriftstellerischen Perlen nur ungern gemeinen Leuten überlassen wolle oder doch lieber als Bittsteller oder eventuell mehr von der kaufmännischen Seite mit vorverfertigtem Vertrag? Mein Schriftsteller riet zu behutsamer Vorgehensweise und immer nur einen Verlag auf einmal anzuschreiben.

Da ich diese mir anempfohlene Taktik tatsächlich befolgte, zog sich das Erscheinen meines Werkes hin. Der erste Verlag, dem ich mein wohlwollendes Vertrauen schenkte, antwortete zwar innerhalb von 8 Tagen: »… fanden Ihr Manuskript sehr interessant. Leider müssen wir Ihnen mitteilen, dass es aber nicht in unsere Angebotspalette passt. Wir wünschen Ihnen weiterhin viel Erfolg …«. Das mit dem »sehr interessant« klang ja gar nicht so schlecht! Bis ich mir selbst die realistische Frage stellte, wie ich wohl antworten würde, wenn etwas für mich völlig uninteressant wäre. Beim nächsten potenziellen Veröffentlicher meiner die Menschheit zweifellos bewegenden Gedanken dauerte es länger. Das konnte nur darauf hindeuten, dass man sich in der Chefetage nicht einig werden konnte, was für ein Honorar man mir anbieten solle, damit ich ja nicht zur Konkurrenz wechseln würde! »… senden wir Ihnen heute zu unserer Entlastung zurück …«. Nicht einmal »interessant« hatte in dieses Antwortschreiben Eingang gefunden. Schließlich – ich hielt mich immer noch an die schriftstellerisch vorgegebene Taktik – dauerte es ein Jahr, bis ich mein Manuskript wieder in Händen hielt. Aber nur weil ich persönlich vorgesprochen und darauf gedrungen hatte, dass man es doch bitte in ihrem offensichtlichen Saustall suchen und mir wieder aushändigen möge.

Ernüchtert in der Erkenntnis, dass die Welt für meine Erinnerungen noch nicht reif war, fügte ich die 128 Seiten Herzblut **meinem** Saustall in meinem Arbeitszimmer hinzu. Und dort schlummerten sie unter immer höher wachsenden Ablagerungen – bis einer meiner ehemaligen Kletterpartner 60 wurde und mich die Freundes-Clique dazu verdonnert hatte, dass ich die Laudatio auf unseren allseits geliebten Ernstl halten solle. Da erinnerte ich mich nicht nur meines Manuskripts, in dem ich dem Ernstl natürlich auch etliche Seiten gewidmet hatte, sondern auch daran, dass ich damals bei meiner Suche nach einem geeigneten Verlag auf einen »Eigenverlag« gestoßen war. Den ich nirgendwo im Telefonbuch ausfindig machen konnte. Bis ich dahinter kam, dass »Eigen« in diesem Fall kein

Eigenname, sondern wörtlich zu nehmen war. So wanderte also auch ich zum Copyshop und erkundigte mich, wie viel es denn kosten würde, mein Manuskript in Buchform zu bringen. Was für eine Anzahl mir denn vorschwebe, wurde ich gefragt. 20, sagte ich. Also das sei ja ein völliger Schmarren, ließ man mich wissen, weil 20 würden genauso viel kosten wie 200. Dann eben 200, sagte ich.

Die 20 waren natürlich zum Verschenken gedacht, aber 200 riefen förmlich nach einem »Eigenbuchhandel« als Folge des Eigenverlags.

Und so geschah es, dass mein Werk doch noch der Weltöffentlichkeit angeboten wurde – und ich unsterblich wurde! Nicht dass es die einzige schriftliche Reaktion auf die Präsentation meines Büchleins gewesen wäre – ich konnte mich wirklich über rührende Zuschriften freuen – aber dann flatterte mir ein offiziell erscheinendes Schreiben ins Haus: Die Bayerische Staatsbibliothek ließ mich wissen, dass man nach meinem Werk verlangt habe und sie – die Bayerische Staatsbibliothek – mit Erstaunen habe feststellen müssen, dass sie – die Bayerische Staatsbibliothek – nicht im Besitz desselben sei und ob ich denn nicht wisse, dass nach § Soundso in Bayern **jeder**, der etwas Literarisches verbrochen habe, verpflichtet sei, ihr – der Bayerischen Staatsbibliothek – 2 Exemplare kostenlos zur Verfügung zu stellen.

Somit stehe ich jetzt in der Bayerischen Staatsbibliothek – ich habe es getestet. Und solange es den Einfrier- oder Klonwissenschaftlern nicht auf medizinischem Weg gelingt, bin ich damit so nahe an der Unsterblichkeit, wie es derzeit nur überhaupt möglich ist!

Schauspielkunst

Theaterpublikum ist natürlich am besten durch herausragende Leistung der Schauspieler zu begeistern. Niemand erfährt das im wahrsten Sinne des Wortes so hautnah, ob ihnen das gelungen ist, wie die Akteure, die in den kleinen Privattheatern vor 50 bis 100 zahlenden Gästen spielen. Und in diesen Kellergewölben stehen in den meisten Fällen Laien auf der Bühne. Wenn in dramatischen Szenen häufiger als üblich geschluckt oder sogar verstohlen über die Augen gefahren wird, dann merken die Profis auf den großen Bühnen das gar nicht. Wenn aber die Füße der Zuschauer aus der ersten Reihe gelegentlich schon einmal zum Hindernis werden, weil sie so nahe am Geschehen platziert wurden, dann spürt man förmlich die Spannung und ungeteilte Aufmerksamkeit der Menschen, die da vor mir gebannt meine Mimik, meine Sprache, meine Pausen verfolgen. Das ist zweifellos ein wundervolles Gefühl, wenn man so unmittelbar den eigenen Erfolg erlebt, ebenso wie es schrecklich ist, wenn man feststellen muss, dass – aus welchen Gründen auch immer – das Publikum nicht mit dem Geschehen auf der Bühne mit-, sondern sichtlich dem Ende entgegenfiebert.

»Die Glut« von Sándor Márai ist im Wesentlichen ein 2-Personenstück. Genau genommen sind es zwei alte Männer, die sich nach 40 Jahren noch einmal treffen, um etwas zu bereinigen, das in all dieser Zeit zwischen ihnen gestanden hat. Dabei bestreitet der eine über 2 Stunden mehr oder weniger allein das Reden – eine gewaltige Herausforderung allein vom Text her für den Schauspieler. Mein verehrter Freund Helmut Mahsberg erfüllte mit seinen gut 75 Jahren diesen Part mit großer Bravour, während mein Teil sich weitgehend darauf beschränkte, ihm zuzuhören und auf ihn zu reagieren. Wir beide verstanden uns blendend und lebten uns immer mehr in das Stück hinein. Und wir waren beide nach jeder Vorstellung aufs neue beeindruckt davon, wie sehr offensichtlich das Publikum von dem Inhalt und unserer Umsetzung beeindruckt war. Die Zuschauer sitzen in dem kleine Kellertheater, in dem wir auftraten, an Bistrotischen und können sich vor der Vorstellung und in der Pause mit Getränken versorgen – was normalerweise unweigerlich zu einer gewissen Unruhe führt, wenn ein Glas zum Mund geführt und dann im Dunkeln wieder abgesetzt wird. Bei der »Glut« dachte niemand mehr ans Trinken, man hatte den Eindruck, dass die Menschen sogar vorsichtiger atmeten. Als Schauspieler spürt man so ein Gespannt-Sein, so ein intensives Zuhören auf so engem Raum ganz deutlich und das wirkt selbstverständlich zusätzlich motivierend und beflügelnd.

Noch stärker und augenfälliger wird die Publikumreaktion auf der Bühne natürlich bei einer Komödie wahrgenommen. Wenn die Pointen, über die man bei den Proben selbst so viel gelacht hat, plötzlich bei den Zuschauern kaum eine Reaktion hervorrufen, dann weiß man, dass etwas schief läuft. Wenn dagegen bereits die bloße Mimik Gelächter hervorruft und mir so signalisiert wird, dass meine Interpretation verstanden wird, dass die vom Autor eingebaute Pointe eigentlich nur eine logische Auflösung meines vorbereitenden Agierens ist, dann macht Komödienspielen unglaublich viel Spaß. Allerdings kann ich den Satz, dass es nichts Schwereres am Theater gibt, als Komödie zu spielen, den ich anfangs für einen Witz gehalten hatte, zwischenzeitlich voll unterschreiben. Denn Komödie muss gut gespielt werden, sonst wird das beste Lustspiel zu einem peinlichen Fiasko.

»Theaterpublikum ist natürlich am besten durch herausragende Leistung der Schauspieler zu begeistern«. Das war – wenn Sie sich erinnern – der erste Satz. Und vielleicht haben Sie sich dabei gedacht: Da wäre ich nicht darauf gekommen! Er wirkt tatsächlich etwas banal, um nicht zu sagen, überflüssig. Insofern dürfen Sie mit Recht auf eine Pointe warten, für welche die Banalität nur die Vorbereitung war. Nämlich: Theaterpublikum ist durch nichts mehr zu begeistern als durch offensichtliche Pannen – vorausgesetzt, dass die Leistung der Schauspieler herausragend ist. Die umgefallene Kulisse, der Hebel, der eine Verankerung lösen sollte und sich plötzlich nicht mehr lösen lässt, die nicht vorhandene, für den Spielverlauf bzw. Text aber lebensnotwendige Requisite, das auf ein Stichwort vorgesehene Hintergrundgeräusch aus der Beleuchterkabine, das auch nach peinlicher Mehrfachwiederholung des Stichworts nicht erklingen will, können zum Highlight der Vorstellung werden, sofern es den Akteuren gelingt, geschickt und gescheit darauf zu reagieren. Einstein spielte bekanntlich Geige, und das tut er in Dürrenmatts »Die Physiker« selbstverständlich auch – von der Konserve. Im zweiten Akt unterhält sich Newton, während er sich dem Poulet à la broche widmet, mit Möbius. In diesem Moment sollten wieder einmal Geigenklänge aus dem Nebenraum zu hören sein, worauf Newton sagt: »Da geigt Einstein wieder«. Ein solcher Satz wirkt aber zweifellos deplaziert, wenn eben nichts geigt. Als auch nach einer gerade noch zu rechtfertigenden Pause, immer noch keine Musik ertönte, drehte er sozusagen eine Ehrenrunde und lobte den Geschmack des Poulet noch ein zweites Mal. Die Geige blieb stumm. Da ergriff Möbius die Initiative und sagte: »Um diese Zeit geigt doch Einstein immer«, was endlich zum erwünschten Erfolg führte und den Beleuchter aus seinen Träumen riss.

In Herbert Rosendorfers »Oh Tyrol – oder der Letzte auf der Säule«, einem selten gespielten, aber herrlich hintergründigen Ein-Personen-Stück, schmelzen am Ende die Gletscher und das Wasser steigt und steigt. Um das anzudeuten, hatten wir die Säule, auf der ich über gut 1 1/2 Stunden philosophierte, aus 3 Teilen konstruiert: Dem Kapitell, einem Mittelteil und dem auf einer Plattform festmontierten Säulenfuß. Alle drei Teile waren durch einen quadratischen Steckzapfen miteinander verbunden, wobei diese Steckvorrichtung natürlich nur ein minimales Spiel haben durfte, um das Gebilde nicht wackelig erscheinen zu lassen. Während des dramatischen Schlusstextes verschwand dann die Sonne – sprich, das Licht ging aus – und während ich weiter meinen Text in die Dunkelheit schleuderte, musste ich das Kapitell herunterheben, den Mittelteil entfernen, das Kapitell auf den Säulenfuß aufpflanzen und auf der solchermaßen verkürzten Säule, was das Ansteigen des Wassers versinnbildlichen sollte, kam dann mein Stichwort und mit ihm der erneute Sonnenaufgang. Für ein Gastspiel in München hatte ich die Säulenteile im Auto dorthin transportiert, wo sie zwei Tage zwar geschützt, aber trotzdem im Freien lagerten. Das Konstrukt war aus Holz gefertigt und daher entsprechend Feuchte empfindlich. Als ich in gewohnter Manier meine Säule im Dunkeln demontieren wollte, ließ sich das Mittelteil einfach nicht vom Säulenfuss lösen. Die ganze Aktion erforderte ohnehin eine gewisse Kraftanstrengung, jetzt aber presste ich meine nackten Oberschenkel – ich war lediglich mit einer kurzen Lederhose bekleidet – an die auf rau getrimmte Säule, spannte meine Armmuskeln zum Zerreißen an und schrie unter dieser Anstrengung meinen Text derart, dass er wahrscheinlich noch außerhalb des Theaters zu hören gewesen war. Die Säule gab nicht nach und ich gab auf. Das Stichwort brachte es ans Licht: Keuchend, mit von der Kraftanstrengung rotem Kopf und blutigen Oberschenkeln, sprach ich meinen letzten Text.

Das Publikum war durch mein Gebrüll so verängstigt, dass es die derangierte Säule gar nicht wahrnahm!

Der Schrecken jeden Schauspielers ist freilich der Blackout, jener Moment, da der Text schlicht verloren gegangen ist – und der kann sich auch noch nach 30 Vorstellungen aus unerfindlichen Gründen verflüchtigen. Das Text-Vergessen hat freilich unterschiedliche Varianten und auch Auswirkungen. Ich werde nie vergessen, wie der Erzengel Michael mit großer Geste sein Flammenschwert in den Nachthimmel der Freilichtaufführung des »Brandner Kasper« reckte und darüber vergaß, dass er auch noch einen Text zu sprechen hätte. Einen Text, ohne den ich, der »Boandlkramer«, aufgeschmissen war. Nun kann man einem Publikum bis zu einem gewissen Grad durchaus zumuten, dass ein Erzengel eben nur spricht, wenn **er** das für angebracht hält, aber überstrapazieren darf man es auch nicht. Meine bohrenden Blicke prallten am Michael ungesehen ab, denn er meinte, seine Pose noch engelgleicher zu machen, dadurch, dass er nicht nur das Flammenschwert, sondern auch seine Augen gen Himmel richtete. Der »Portner« – also der Petrus – kam mir zu Hilfe: »Hast jetzt du gar nichts dazu zu sagen?« winkte er dem Erzengel mit dem Zaunpfahl – und endlich fiel das englische Zehnerl.

Bei der eben geschilderten Variante, fühlt sich derjenige, der eigentlich einen Text zu sagen hätte, dem das aber momentan überhaupt nicht bewusst ist, pudelwohl. Er denkt sich angesichts der peinlichen Pause höchstens: »Das darf doch nicht wahr sein, jetzt hat schon wieder einer von diesen Tölpeln seinen Text vergessen«. Und es liegt an den »Tölpeln«, das in irgend einer mehr oder weniger geschickten Art auszubügeln. Dabei kann es durchaus passieren, dass der Verursacher sich auch nach der Vorstellung noch keiner Schuld bewusst ist und selbst auf Vorhaltungen eine solche rundweg abstreitet.

Eine eher einfach zu bewältigende Art der text-bedingten Panne ist das Auslassen bzw. Springen. Wenn da Passagen übersprungen werden, die für den weiteren Verlauf von keiner großen Relevanz sind, dann gilt es für die Mitspieler nur ihr Erstaunen zu überspielen, dass man heute eine verkürzte

Version spielt. Der Star unseres Stadttheaters sparte einmal geschlagene 20 Minuten ein, indem er gleich in den nächsten Akt sprang – und wunderte sich am Ende nur, warum man heute so früh fertig gewesen sei. Schlechter wäre es mir ergangen, wenn mir der Lapsus während einer Vorstellung passiert wäre – so aber war es nur die Generalprobe. In der vorletzten Szene des letzten Aktes hat Harpagon in »Der Geizige« von Molière einen Dialog mit Anselme, dem überraschend aufgetauchten Vater von Valère. Den Anselme hatten wir – da er nur wenig Text zu bewältigen hatte und um Personal zu sparen – einem wenig erfahrenen, älteren Mitspieler anvertraut, der zuvor nur eine stumme Rolle als Gerichtsdiener zu bekleiden hatte. Es hatte einige Zeit gedauert, bis der Anselme-Mime mit seinem Text sattelfest war. Als ich – in der Rolle des Harpagon – bei der Generalprobe aber einen unwichtigen Nebensatz weg ließ, schloss Anselme nicht einfach mit seinem Text an, sondern sagte tadelnd »nein, nein so stimmt das nicht, du hast doch da noch einen Nebensatz!«

Wirklich schlimm ist freilich Variante Nummer 3, der tatsächliche Blackout. Mitten im Spiel ist plötzlich der Text weg – und zwar bewusst weg. Man weiß, dass irgend etwas von einem kommen müsste, aber man weiß nicht was. Die darauf einsetzende Panik verschlimmert die Situation nur noch und in der Regel können hierbei die Mitspieler nur in geringem Maße Hilfestellung leisten. Sofern es Mitspieler gibt. In dem oben angesprochenen Rosendorfer-Stück, darf ich auf meiner 80x80 cm Fläche eine gespielte Schlafpause einlegen. Während dieser Pause begann mein Gehirn aus unerfindlichen Gründen plötzlich zu rasen – ich wusste überhaupt nichts mehr. Die Erfahrung aus ähnlichen, allerdings weit harmloseren und immer gut überstandenen Situationen half mir, mich einfach ruhig zu verhalten. Mit der den Morgen andeutenden Änderung der Beleuchtung stand ich auf, streckte mich – und der Text war wieder da!

Die folgende Geschichte habe ich nicht selbst erlebt, aber sie wurde mir sehr glaubwürdig geschildert. Der Intendant eines der kleinen Privattheater, an denen ich gelegentlich spiele, ist zweifellos ein sehr ausdrucksstarker Schauspieler, aber er hat auch seine Probleme mit dem Text. Insofern spielt er am liebsten allein, weil er dann ohne seine Mitspieler in Gefahr zu bringen bzw. durch ihr verdutztes Verhalten im Falle des Falles selbst in Gefahr zu geraten, improvisieren kann. Und da er mit Vorliebe Beckett oder Beckett verwandte Stücke spielt, kommt der Zuschauer kaum auf die Idee, dass das Gebotene möglicherweise nicht mit dem Textbuch identisch sein könnte. Einmal aber erwischte es ihn in einer wirklich wesentlichen Passage. In seiner Not griff er sich zunächst mit fahrigen Händen an den Kopf, dann an das Herz, röchelte verhalten und wankte dann in die unmittelbar an die Bühne anschließende Garderobe. Schnell hatte er die entsprechende Stelle im bereitliegenden Textbuch gefunden und noch ehe sich aus dem erstarrten Publikum ein Mutiger oder gar medizinisch Versierter aufraffen konnte, um dem scheinbar Todgeweihten in der Garderobe beizuspringen, schlurfte er mit unsicheren Schritten wieder auf die Bühne, setzte zu ersten Worten an, brach noch einmal ab und fuhr dann mit fester werdender Stimme fort – unterbrochen vom tosenden Beifall des erleichterten Publikums.

Wahre Schauspielkunst!